沿拋物線
甩出的
身體長大

黃羊川 著

【集序】

青春的美好與遺憾，都變成了詩

（依姓氏筆畫排列）

以身體為經，以成長為緯／李欣倫

拋物線，是寫在黑板的一道數學題，也是銘記於少男身體的軌跡，那潛藏著勃發欲望與熱切目光的青春命題，升學體制中的競爭壓力，加上同儕間的結盟、模糊的惡意與情愫，以及排列組合出的諸種情緒、情感，總和成青少年的終極難題。在黃羊川筆下，身處教室、球場中擁擠、疏遠又彼此較勁的關係，化成一道道數學題組，立體鮮明，種種身體的延伸物：氣味、黏濁的汗、若有似無的眼神對視與閃避等，讓逝去的青春再度（痛苦的）復活，也讓諸多年少青春進行式正高分貝喧譁，黃羊川以身體為經，以成長為緯，擬設出無數難解的生命練習題。

或許青春最美的篇章就是失去／陳思宏

青春不好寫，下手太重失純真，太輕盈又少了衝撞。詩人黃羊川寫青春小說，剛剛好，以數學語彙隱喻愛的多種面相，是一本充滿氣味的青春同志感官小說。詩人的筆小心翼翼，揭開一段南台灣的高中純情告白，臭男生的肢體衝撞，汗味衝鼻，荷爾蒙溢滿紙頁。輕輕的，慢慢的，進一步，退兩步，試探，追尋，否認，投擲性別與性向的可能與問號。書中的高中生都奮力把自己拋出去了，升學體制壓榨，家庭失靈，幸好，還有孤單的青春靈魂，接納了彼此。或許青春最美的篇章就是失去，《沿拋物線甩出的身體長大》追悼青春，帶領讀者回到青春現場，重新愛一次，也，重新學習失去。

相信愛的單純美好／陳夏民

《沿拋物線甩出的身體長大》書名充滿詩意，或許有點摸不著頭緒，但細細讀完這個發生在西元兩千年左右（千禧年，Millennium）的青春校園ＢＬ小說，讀者或許能夠隱約體會，我們的確都沿著某種拋物線「被」甩出，一邊失速飛行，一邊不由自主地，必須順應那深埋在基因深處的渴求，去追求每一個細胞都在尖叫嘶喊嚮往著的美，然後墜落。

這是一個愛情故事，但談的是一名青少年如何在隱藏同志身分的狀態下活著，偷偷地逼近愛慕的人，深深地被／去傷害，然後慢慢地長大成人的歷程。詩人黃羊川透過數學的解題過程，訴說一名男生愛上另一名男生之後的故事。當兩人的關係被套入數學證明題之中，雙載的腳踏車、讀書的麥當勞、對方身體的氣味，將一一化作幾何、函數、微積分的難題——青春的美好與遺憾，都變成了詩……

能夠在變成糟糕大人的此時，讀到這一本小說，被提醒了那年夏天殘酷青春（那時我還願意相信愛的單純美好）的小說，讓人覺得美好，卻又覺得委屈，好想好想回過頭去，重新體驗那一個 playstation 才剛推出、一切充滿希望的千禧年的夏天。遺憾啊，人生。

目錄
contents

序章

塵封的曾幾何時

00

王子健覺得煩惱，不知眼前麻煩如何解決，或是他試圖壓抑內心情緒或欲望時，他總習慣折彎食指與中指，弄出兩個尖錐似的角，抵住太陽穴附近的位置，揉呀壓的、磨呀蹭的。

他還不懂，但彷如直覺；壓抑是種很強大的力量，會止住記憶，強化遺忘；也會封住不經意裂開的縫隙，彷彿人生可以幾何般完美。

01

王子健最終還是決定離開高雄，或許更準確地說是離開母親。

上高中以前，一家三口還住在一起，一切看似與其他小家庭沒什麼兩樣，該有的家具擺在該有的位置，該團聚的時間三人也從未缺席；高中之後，父母工作變得更忙，因為遷廠的關係，父親常往大陸跑，最後，父親的主管特別上門拜託父親務必要「一起過去幫忙」，本是該切分明白的「工作」，一旦扯上「幫忙」兩個字，這一下去就有了人情，把王子健父親以前欠的份都算上了，這人情是該還的，父親向母親說，要她好好照顧王子健。

可事態總是朝著俗濫的方向發展，王子健父親就這麼在中國大陸住下了，還包了二奶，那時的二奶這時叫小三。然而，外人從來不懂誰是真愛誰是陪伴，王子健母親以為只是自己臨時缺席，以為只要「過去一起」打拚就可以回到從前……但王子健的高中三年過去了，父母的「一起」也過去了，王子健母親不但沒喚回王子健父親的人，連王子健的心也澈底失去。

考上大學前，王子健早已打算填上外地學校當志願，只不過王子健那時心還軟著，他熬不過母親的苦口婆心、好言相勸；然而，往後他對母親的態度成了每日的消磨，消磨倒是還好，若是習慣了便可假裝沒看見，不過兩人脾氣一個樣，誰都可以讓誰，但某些關鍵時刻、某些關鍵情緒或某些關鍵情境，便是誰也不可能讓誰。

最後，兩人關係演變成語帶威脅的日常折磨；若是偶爾關係好一些時，兩人也無從消磨，只是各自生活。

地板堆著一本又一本的書，書的四角突出，一本疊上一本，螺旋一樣，書本的大小不一，有些依開數講著不同主題，另些則是墊著紙質或厚度以更接近或遠離書本內容……床上擺滿折疊整齊也妥當分類的衣物；紙箱好幾只，側倚在牆邊，在旁等待似的。

王子健考上研究所了，正等著九月開學。但他坐在自己的房間裡，不，應該說是即將成為過去的自己的房間裡，他有些迷失了，他正思索著如何將眼前一堆堆的書分門別類，哪些該搬去新家，而哪些又該帶去學校，母親出現在他的房門旁，但他背對著門，收拾。

王子健摸著一只鐵盒的邊緣，鐵皮粗糙、鐵鏽剝落；他第一次發現自己具有條理分類與定期丟棄物品的習慣，是一個女孩告訴他的。

鐵盒表面長滿鏽，他打開，裡頭放著沒有規則胡亂疊滿的紙條，不同的紙張與字跡將回憶刻得深淺不一，瞬間溢出，有些止不住；他趕緊以指節抵住太陽穴，緩緩施力壓住，他沒有搓揉太陽穴，他的眼神循著紙條上的文字漫爬，他想起女孩寫字的模樣，筆尖與紙張摩擦的聲音……好幾張紙條上，滿滿都是女孩的字跡，他不知道為何，將她忘得如此澈底，一想到此處，他便對自己的無情感到畏懼。

若以時間的長度來衡量一個人的價值，或許女孩真的不重要。

女孩是王子健高三畢業那年暑假，暫時收留的；王子健記得他跟女孩說，如果王子健父母暑假期間回來的話，王子健就得立刻搬回家，女孩點頭答應，但王子健其實騙了她，那一年王子健父母正在辦離婚手續，離王子健父親去中國大陸經商已經三年了。女孩在王子健暑假結束前的兩星期左右，不告而別，對王子健而言算是人間蒸發了，她沒帶走任何一樣東西，就像她當初來到王子健住處一樣，她拿出的東西總是不久便妥妥當當地收回她的行李袋，行李袋則安置在房間的角落；王子健想起她的笑容她的髮絲她的衣物，總是整齊乾淨、一絲不苟，好像她的存在有那麼一點不真實了，好像她隨時準備離開，而女孩最終也確實離開了。

然而，對兩人而言，那是個美好的夏日。女孩留下了滿滿的紙條，她替王子健的房間布置了一大塊軟木組成的公布欄，上頭貼滿兩人寫在紙上的各種靜默與對話、靈光乍現卻又不那麼完整的字句，以及女孩硬拉著王子健去大頭貼機器合照的低像素照片，拍照的時候，女孩有自己的招牌動作，她喜歡比出OK的手勢，將兩隻手掛在耳朵兩旁……還有兩個人的圖畫，兩個人都喜歡畫畫，可王子健從沒畫過女孩，王子健是寫實風，他總是畫著照片裡的風景，而女孩走的是可愛風，她畫了好幾張王子健的模樣，都是頭大身小的可愛卡通人物，她特意誇張的畫風，有時取笑王子健的髮型，有時則嘲笑王子健的身材……每一張手繪的圖畫，每一次兩人相互的留言……有個回憶突然勾住王子健：那時，兩個人躺在地板上，頭頂對著頭頂，聊著某個美國鄉村歌手，他還記得女孩經常哼著那首歌的旋律，可他卻完全忘了歌曲的名稱與歌手的名字……

他記得女孩告訴過他的習慣，卻怎麼也想不起是何時養成的，他不願探尋，他甚至不想再多思考一點「自己」，他轉頭看著那一堆堆的書，才稍稍安心點；他的眼角餘光同時看見母親站在房門口，不知她站了多久，母親看著他，他急著將鐵盒蓋上。

王子健不敢思考「我」。

他害怕一思考，就必須面對現實，而他不是不願面對現實，而是他總覺得現實容納不下他，或許時間經過久一些，許多事物將會變得更容易讓人們接受，也許時間終究會拓寬未來的道路……時間終究來到了最近，他才剛開始學習如何接受自己就是這樣的「自己」時，人事已非的消息卻不斷傳來，他想著自己的年歲才稍長一些，身邊便有更多的人離去，而這些人那些人都是他才剛剛踏出腳步認識的，還來不及有過一場深深的交談、還製造不夠多的機會彼此交心，未知還很多，相知還差得遠，便畫上休止符，老派的說法，卻又那麼地適合他，他身在腳比身體走得還快的時代，他趕不上別人卻也只能拙劣地拉著自己……明明上個世紀與這個世紀才差那麼一點，可卻變化得像是上輩子那麼遠。

他抬起的腳想往前，還未踏下，站定的腳卻轉了半圈，又躊躇身後；他覺得自己總像是昨天，永遠都差今天一點。

或許王子健是悲觀的，但他仍不願放棄，站在另一個角度想，也許他還算是樂觀的。

02

「子健啊……頭痛嗎？」

王子健不等母親繼續叨念，趕緊接上她的話尾，「好了，我快好了」，王子健抬頭看了看時鐘，四點二十五分。汗從他的耳鬢流下。

他東看西看，找頭緒似的，他知道自己已經分類得差不多了，可對其他人而言卻遠非如此，不管是書本還是衣物，仍然東一堆西一團，混亂且未裝箱。

「都還沒裝箱耶，要不要我幫你？」

「不用了，我快好了，妳不要來動我的東西，我都分好了！」

「那趕快唷，你爸剛打電話回來，他已經到你伯父家了，開回來大概只要半小時。今天一定要把大部分的東西都搬過去，這樣明天我們只要處理一些剩下的小東西，已經先跟你說過了，人家你伯父明天還要用到車子……你動作要快一點……」

「好啦，我知道了。我快好了啦，妳先去弄妳的——」

「你爸！」這兩個字，王子健的母親喊得自然，但聽在王子健耳裡卻覺得刺耳扎心，王子健還沒準備好面對同一個名詞上有兩種意義。

雖然這個人母親講了許久，但王子健真正認識這個人也才不到「半年」……此時的王子健，確實搬出了時間來衡量一個人的價值：「這個人」以時間的長度來看，一點也不重要……王子健母親沒有離開王子健房門口，仍站在門邊看著他收拾，他覺得自己被監視著，有些不快，「妳先去弄妳的東西啦，我要趕快整理了……」王子健母親小心翼翼地提了另一件事，「我想問你唷，那個……上次王媽媽說，我們兩家一起去日月潭的事，你考慮得如何？」

王子健轉頭看著母親，如果他面前有面鏡子，他便會發現自己的表情有多麼無奈，「我想還是不要好了，都什麼年代了，哪裡還有人用相親的，而且我要去念研究所了，這種事不能緩一緩嗎？」母親不以為然，「這年代明明就還是很多人在相親呀，而且婷婷你也不是不認識，只是長大以後比較少聯絡而已……我也不是要你們相親啊，就是重新聯絡啊，人家婷婷現在……」王子健不想再談下去了，他打斷母親的話，「好啦，妳快去弄妳的，我萬一弄不完，妳又要一直念一直念……」

王子健母親皺了眉，她知道自己拿王子健沒辦法，王子健的固執不知是繼承了誰，父母倆都不願承認，可是固執歸固執，她記得以前王子健是非常活潑外向的，她不知什麼原因，但她也有想過到底是不是她那段時間不在的緣故，她覺得王子健的性格逐漸變得乖僻，她本想講出那句她經常叨念的話，「你的個性再這麼孤僻，以後嫁給你的女生很可憐耶！」可她還是吞了回去。

「好吧，那你動作快……」母親轉身後又立即轉回，「對了，還有啊，要丟的東西也都拿出來，明天沒收垃圾唷，晚上搬完，記得幫我把垃圾都拿去丟唷！記得，『該丟的東西就丟了』，不要把垃圾帶去新家唷！」聽到母親一次又一次叮囑，王子健的口氣更加不耐煩了，「好啦，我知道了啦……」

先是「你爸」接著是「垃圾」，他發覺自己對某些字眼變得易感，明明擺在他身邊的每一本書都是他珍視的寶，每一件他留下的物品都是他不想想起卻也不想忘記的記憶封藏……他厭惡母親不經意的態度或一副明擺著理所當然的俗世價值。

他覺得自己讀愈多書，與母親的距離好像離得愈遠；然而，他仍有些保守，仍然希望父母像他小時候那樣疼愛他，他始終不願承認自己對父母拉開的距離全是因為父母離婚的緣故，他把過錯怪罪在母親傳統的價值觀念上，在某個意義上，他因為拒絕自己也拒絕了母親。

母親離開後，王子健閃身走過一堆堆書，將最後的幾本書分類到不同的位置，抬頭看了看時鐘，四點三十五分，其實也才過了十分鐘，但被母親這麼一催，他滿身大汗了，他的思緒又變得有些雜亂，他深吸了好幾口氣，眼神一次又一次環看每一堆分類的書本，每一疊摺妥的衣物；「差不多了。」他心想。

他走到牆邊，小心翼翼地抽出一只紙箱，準備撐開……

「趴……趴啦趴啦……」

他還是不小心撞倒了一堆書。

幾本書掉落，其中一本是高中畢業紀念冊，鼓起的內頁，內頁夾著過多卡片與紙張，卡片與紙張上頭的祝福留言及親暱短語，輕易地便從書頁滑出。他趕緊將書本撿起，散落的紙張卻像溢出了更多回憶，他放下紙箱，拾起掉落的卡片與紙條，他的指尖摸到紙張上褪色的各色原子筆、螢光筆筆跡，他迅速隨意塞回，他用力壓了壓露出的紙張與卡片，可回憶像止不住般不斷迸出，怎麼也整不齊。

他還是打開了畢業紀念冊，將卡片與紙條一張張擺平，紙上的墨水暈開透過，紙張似乎隨時間變得更薄，紅的字黑的字藍的字彩色的字零點三的字零點五的字零點七的字壹點零的字，字跡也有了時間的痕跡，他迴避不了紙張上頭每個字所傳出的力道，每一句話如抽絲般拉出一段回憶，如藤蔓般止不住纏繞王子健全身……終於，他將一張張紙放回書頁裡了，終於重新整理好了，他將冊子闔上，深吸一口氣，又再深吸一口氣，以為世界已經恢復原狀。

但世界已經變了，他還沒意識到他的房間早已剩下白牆。

03

王子健拿起紙箱，迅速移至離門口最近的書堆旁，一本本將書擺入，塞了幾件衣服平衡重量，封箱……一箱接著一箱……空間逐漸讓出，一箱箱紙箱如幾何般整齊擺放在門旁；王子健心想，整理得差不多了。

他才想喘口氣，眼神不自覺地朝桌上的畢業紀念冊看去，「啊……」他忘了將畢業冊收進箱子裡了。

他走到桌前，眼神盯著封面不放，腦海閃過好些畫面。

那是四人組裡其他三個人的笑臉，那是安真妮與陳素芬經常牽著手從教室後門同進同出的模樣，那是王仕凱，他傻笑、他對每件事總是慢一步領悟的愣樣與最後他總算理解了什麼時，臉頰自然擠出的渦，王子健沒看見自己笑了，但他是笑了，打從心底的，他摸著畢業冊、壓住畢業冊，他的指間摩搓著冊子側邊，他遲疑著，他還是忍不住了，他翻開畢業紀念冊。

畫面映入時，回憶便湧現，止不住般亂七八糟沒有邏輯毫無緣由的片段記憶一層又一層浮現堆疊飛入淡出，那是擺放整齊一格格的眾人，想笑卻假裝面無表情憋笑的大頭照；翻頁，那是以為帶著規則與創意的胡亂拼貼，王子健看著他與四人組一起擺出E＝MC平方的合照，動作誇張，表情天真渾然不知未來的路有多崎嶇……照片不遠處插入安真妮與陳素芬兩人的合照，青澀的臉、尷尬的動作，超齡的打扮，在旅遊景點標的物下，無聊制式的動作、輕微揚起的嘴角，人小景大的合照……他找著全班合照裡藏在人群裡的王仕凱，他第一次發現他與王仕凱從未在同一張照片裡……

手機震動，在空曠無物的桌面更為明顯。

04

「王子嗎？我小白啦！最近怎樣？你都沒跟其他人聯絡哦！很多人問候你的消

息耶！好啦，記得哦，同學會要來哦，我特別叫我爸幫我把整間餐廳包下來才夠全班坐，你不要不來哦，你一定要來哦！」白先光一點也沒變，沒等王子健答話，他便一口氣把話都交代完。

王子健說「好」，但那一個「好」卻藏了無數的情緒，是「好」也是「不好」，原本只是單純的聚會，原本只是久未見面的同學閒聊近況，但此時，王子健的手上正拿著一張紙條。

他看呆了，他想起了王仕凱轉頭看向他的畫面，他的耳邊傳來一些聲響，書頁翻動的聲音、下課時間的教室裡，同學此起彼落的吵雜聲。

紙條上的王仕凱的字跡渙散，與女孩的字跡比起來，他手中那張紙上的字跡一筆一畫，刻意寫出的整齊，讓字的長相顯得過分彆扭……

「碰」。

畢業紀念冊這一次從桌上硬生生地掉到地上。

第一章　正數的相反是負數還是倒數

05

「碰」。

板擦丟中黑板。

白色的粉印子刷在綠色的板子上，因為剛清潔完的緣故，板擦印記特別明顯，加上砸中的聲響，心頭一震，好像鑿得特別深。

教室裡的同學循聲音望去……

板擦差點砸中王仕凱。他嚇了一跳，雖然沒丟中，但他知道板擦的來意是向著他的，他臉上露出驚慌，不是他做錯了什麼事，而是他不明白發生了什麼事，他不明白為何板擦會突然砸向他，他閃到一旁，不小心撞到了陳素芬，陳素芬很快地扶住王仕凱；他們倆負責清潔黑板講台。

王仕凱是剛來不到一星期的轉學生，一星期，說長不長說短也不短，可看在王子健的眼裡卻有點礙眼。王仕凱總是微笑，加上他長相斯文，行為舉止帶著不傷大雅的慢半拍，彷彿某種自我防衛，他那遲鈍又無害的笑容，一般人不會真的懂得他遲疑裡的不自然，一般人只會讓他那張斯文的笑臉擊中。笑，尤其是看似對人釋出善意或好感的微笑，總是直接命中對方的眼睛，打開與人接觸的大門，門一開，同學對一個外來者的敵意自然減少許多，特別是女同學，同學愛與母愛的成分多了些，陳素芬扶住王仕凱時，與男女授受不親絲毫無關，倒是帶著同學幫忙同學、姐姐照顧弟弟的力道。

然而，看在陳正忠眼裡卻完全不是那麼一回事；陳正忠的眼神與黑板上的印記一樣，帶著惡意。

碰一聲之後，王子健與陳正忠兩人擊掌。

事件總是引發另一個事件，這原本只是一場競賽，關於陳正忠與王子健之間的打賭，表面上他們比賽丟擲，他們想知道誰有辦法不要丟中目標卻又可以最接近目標，像射箭比賽一樣，可這次勝利的條件不是正中紅心的人，而是最接近最接近最接近紅心的那個……陳正忠與王子健一方面與同學一樣驚訝，但另一方面卻以目光快速打量板擦印記與王仕凱的距離，不過如今黑板上只留下陳正忠丟出的，同學們紛紛看向王子健與陳正忠，同學們的眼神不像王仕凱帶著疑惑，同學們一轉身看見他們兩個人，便知道他們倆的企圖；而他們倆也知道，不可能再丟一次了。事件的內裡肇始於陳正忠的妒意，他不滿王仕凱被分配與陳素芬一起打掃講台，想給他一點警告，結果自己卻引起另一股嫉火；在陳正忠眼前，陳素芬扶著王仕凱，雖然他們倆很快便分開了，但那幾秒的接觸看在陳正忠的眼裡，分外不是滋味。

班長安真妮跑進教室，衝到王子健面前。她的出現是有意義的，不是任何一個人的出現那麼單純。

教室裡從來就不是平等的場域，更不是民主的聖地，從來就帶著階級，有人會以家境好壞排序，而有人則會以友好的程度排序，或許也有人會以長相或身高體重排序；但名列前茅，往往都是老師的排序，老師維持表面的公平，但字裡行間，言行舉止，寫在週記上的回覆，回覆裡的字數與筆跡，從來都是告訴，從來也都是偏好。

事情當然也非總是如此，不過安真妮確實是多數老師的喜好，同學們也懂；她不但成績表現優異，言行舉止也深受老師信賴，已經連續兩年當班長了，兩年來她的學業成績也從未落在前三名外。除了老師與同學對她的偏愛，安真妮還有著承襲自父親的正義感，這讓她有時講話更直白更乾脆些，要說她帶著男子氣概是誇張了點，但面對同學間的爭執，她往往立即挺身而出，有些男同學不服氣，私底下玩笑她，稱她是恰查某。

安真妮總是束著馬尾，臉型接近蛋型，兩頰白白肉肉，有些嬰兒肥；至於身材則是豐滿，即使她經常以衣著掩飾，但每次深呼吸縮起的身體只是讓包覆住她身體的衣服更顯突出，她的身材明顯比同齡的女孩來得豐腴，甚至比稍長的女老師更有女人味，那是青春期尾聲即將轉往成熟女子的臨界，只是她的臨界不僅是單一個點，她的臨界是一片灰色地帶，比別的女孩長一些；這讓她總是散發著某種氣味，或許不是味覺上的香味而是在成長過程裡，青春前後來回、左顧右盼下不斷奏鳴的迴音。

安真妮衝到王子健面前時，她頭後方的馬尾搖晃著，她胸前的乳也是不留情地擺盪著，她自信地質問王子健：「王子健，你在做什麼？你是衛生股長，還帶頭弄髒別人剛打掃好的黑板……新同學沒來幾天就欺負新同學！」王子健口氣帶著調皮，「又不是我，而且……也沒丟中啊！哪裡算是欺負！」安真妮看向陳正忠，「不是你是誰，是你嗎？陳正忠嗎？」陳正忠退了幾步，看了一眼陳素芬，揮揮手，「不是我哦，我不知道是誰！」安真妮又更往前一步，瞪著王子健，「不是陳正忠就是你了，王子健，你立刻去道歉，不要讓我去跟老師講哦！」王子健站起身，他高過安真妮一個頭，他往前一步，「講什麼，又不是我！」他對著班上其他的同學喊，「有誰看到是我了？」

王子健刻意大動作揮手，指了所有人，接著不疾不徐地拿起桌上的水瓶，喝了口水。安真妮也轉頭看了看其他的同學，有些同學的眼神急忙閃避，而有些同學的表情則像在告訴安真妮，「我不知道哦，不要問我！」

王子健接著又說，「班長大人，妳才不要欺負舊同學，妳不要含『水』噴人啊！」王子健刻意從嘴裡噴出水，撒到地上，同學們哄堂大笑，笑聲不斷，稍稍緩解了氣氛，安真妮也被王子健的舉動逗笑了，但她用力忍住；王子健走向講台，撿起板擦，對著黑板說。

「對不起哦！」

同學的笑聲再度接續爆發，此時上課的鐘聲正好響起，眾人趕緊將手上的打掃用具一一歸位，在鐘聲即將結束之前，同學已回到各自的座位。

負責打掃廁所的白先光與林政國也兩步併一步快速奔回教室，在班導前腳剛踏進前門時，他們倆後腳也已經踩進教室後門，兩人還未坐下，安真妮已經喊了，「起立，敬禮」、「老師好」、「坐下」。

06

教室還是教室的模樣，即使打掃時間，板擦上的粉筆灰飛揚、桌椅抬高亂置、地板灑水潮溼與窗玻璃上水漬殘留，但當打掃時間一結束，教室就立即恢復成原來的模樣，或許清潔的痕跡仍留著，卻不會改變教室什麼，那痕跡就像是在空氣中劃過一道道痕，不用多久便消失……班導站在講台旁，將成堆的作業與考卷重重放到桌上，演出尚未開始；同學們一聲不響地等待；乾淨的黑板、黑板板溝擺著一根根完整的粉筆、對齊的桌椅、留著拖過水痕的地板及映出同學倒影的玻璃窗……

「同學，今天就是這學期的最後一天了，等一下我把前四個學期的成績排名發給大家，因為有新同學加入，大家的排名有些微的變動，下學期有要參加甄試的同學，暑輔期間就要開始準備資料，知道嗎？不過呢，甄試只是一個機會，你們每個人還是要為一年後的聯考好好準備……」班導的叮囑，大多老調重彈，唯一的新意是來自轉學生加入而影響了全班排名；王子健在座位上打了哈欠，全身無力狀，意興闌珊地將頭擺放在桌上。

王子健坐在教室的最後一列、最後一排，他可以一眼望見全班大部分的人。

王子健看著王仕凱的側臉，他時不時便往左朝右與隔壁的女同學講話，白白淨淨的，有種弱不禁風的感覺；王子健發現王仕凱經常笑，嘴頰有個笑窩，笑的時候，像是全無心思般。他又看了看黑臉的陳正忠、胖臉的白先光與寬臉的林政國，然後他轉頭看著窗，窗裡映著他不上不下介於他們中間的臉，毫無特色的樣子。王子健轉回頭，班導一排排發著最新的班排名；他看著安真妮，她的馬尾有個曲線，安真妮伸手將馬尾往左往右拉一拉，讓它們稍微分開，她甩一甩頭，將垂下的髮絲往耳邊撥。

安真妮正巧轉頭，要將新的班排名遞給座位後的王仕凱，她一轉頭便與坐在後一排的王仕凱有說有笑，她的眼神瞥見王子健，有那麼不到一秒的時間兩人對上了眼，兩人又同時避開，像是默契般，不只眼神閃避，王子健也看見安真妮原本臉上的笑容立即收掉。

座位前的同學將新的班排名傳到王子健手上，王子健從上往下看，安真妮、林雨萱、王子健……林政國排在第九、「王仕凱」排在第十……王子健看到王仕凱的名字後，心裡有點生氣，他發現白先光剛好落在第二十名，而陳正忠變為第二十一名，他心想全班變成四十人，陳正忠的班排名豈不是被擠到百分之五十以外了；他想起所有的甄試資格最低也得要全班的百分之五十。

王子健抬頭看著第一列第三排的陳正忠與隔壁座位的林政國兩人擺動著手，作勢互嗆的模樣。王子健不知如何發洩怒氣，他「噓、噓、噓」地叫了第五列最後一排的白先光，王子健向著隔一列座位的白先光，指了指王仕凱，又指了指班排名，對著空氣做出揍人的動作；白先光皺著眉，往前看了看，卻摸不著頭緒。

班導看見王子健正在比手畫腳，「王子健，你有什麼問題嗎？」同學紛紛轉頭看向他，王子健停下動作對著班導用力搖搖頭；班導繼續叮嚀同學，「大家都看到排名了吧，暑輔是一週後開始，要跟家人出去玩的可以趁這段時間，或是暑輔之後，開學之前的那兩週，不過呢！還是建議大家不要玩太瘋，不然到時候還要花時間收心，希望大家都要開始有全力衝刺的決心……」

班導敲了敲黑板，同學看著黑板上的三個數字，倒數還未啟動，「暑輔回來，就少於365天了，時間看起來還很多，不過一天一天很快就過了……」

07

王子健看著講台前方，王仕凱轉頭從書包裡拿了本書，他看見王子健，王子健也正好看見他，兩人眼對眼，王子健面無表情，但王仕凱對著王子健微笑。

這一笑，王子健對王仕凱的敵意好像少了些，王子健一時不知該怎麼反應，他將眼神移開，看向其他方向；同學們都朝前看著班導。

王子健又將眼神轉回，往前看向班導；他的視線裡也看得見王仕凱，王仕凱早已轉頭回去，王子健不由自主地又想起王仕凱方才的微笑，他不明白王仕凱究竟在笑什麼。

王子健盯著王仕凱的背後，這個時候王仕凱對他而言，還是一個闖入者，即使他的穿著與別人一樣，即使他在班上的同學裡看上去就是其中一個同學而已，但在王子健的眼裡，他就是一個闖入者。

08

放學的鐘響響起，同學陸續收拾書包，因為放學的緣故，每個人的嘴角都帶著笑；陳正忠從桌底拿出籃球，在手指上轉動著，林政國作勢要打掉陳正忠的球，陳正忠抓著球用力揮動著像是要與林政國打架，但同學們沒有理會他們，他們倆似乎有永遠鬥不完的嘴，永遠不服對方輸贏的球技，兩人一前一後一左一右像是那顆不停轉動的球一樣。

陳正忠在教室外走廊大喊：「王子。」王子健轉頭看向走廊，其他還在教室的同學也看向走廊，但走廊沒有人。

過沒多久，陳正忠、白先光與林政國一一站了起來，原來他們蹲下了，同學們又是一陣笑鬧；安真妮與陳素芬拿著同學的作業本走出教室，安真妮的眼神不以為然地看向陳正忠，而陳素芬則是對他們三人看了一眼，並露出微笑……他們三人看著她們兩人走遠。

「她在看我吧！」「看我吧！」「屁啦，最好是看你。」「你說清楚誰在看誰。」林政國對著遠處的大樹指了指，向陳正忠說，「那邊啊，有個女生在看你。」陳正忠揍了林政國一拳，「靠么哦！」白先光對著教室裡的王子健喊，「王子，我們先去打球哦！」王子健心不甘情不願地看著他們三人，對著他們三人揮揮手，要他們閃一邊去。

教室的人陸續走掉，班導在黑板上寫著暑輔的數學進度，規劃著前兩年的總複習與未來高三的超前進度，她背對著王子健說：「王子健，這是我們未來五週暑輔期間留校的進度，你先抄下來。」

王子健坐在教室自己的座位上，他發現教室只剩下他，與前方的王仕凱。黑板與粉筆摩擦敲打的聲音，字在筆畫中成形，句在字組間完成，而意義則在觀看與理解中產生。「王子健你先抄下來！」班導再次叮囑；王子健一邊抄寫，可嘴裡忍不住低聲碎念，語氣顯得不耐煩，「還要複習幾遍啊，那些題目我都算了好幾百題了吧！」聲音雖小但班導卻聽得清楚，她停下動作，轉頭看向王子健，「做再多題目只是讓你熟悉，自己要懂得應變，不要忘記上次讓你們寫了建×中學的模擬考卷，是怎樣的結果，全班數學不到五個及格，你們只要題型一變就都算不出來了，這就是你們不夠熟悉！」王子健仍然心有不滿，「可是我及格耶！」導師有些脾氣但沒真的生氣，然而她語氣變得更嚴厲了，「王，子，健，你只要及格就好了是不是，要不是你媽是我高中同學，她拜託我，我可是犧牲下班時間跟你複習。」王子健意識到自己有點太過分了，「對不起老師，我知道了。」他的語氣變弱，低下頭繼續抄寫進度表。

王仕凱早已抄著黑板上的進度表，班導對教室前方的王仕凱說，「王仕凱，暑輔期間王子健留校的時候你也要留校，我幫你趕進度，你的進度我會再依情況調整……這邊，總複習的部分，你也抄一份。」王仕凱和緩地回答，「好，謝謝老師。」班導轉身繼續在黑板上刻刻刷刷扣扣地抄寫著。

班導寫完進度表後，轉身問王子健，「王子健，你抄完了沒？」王子健抬頭低頭認真地抄著，「還沒……再等一下。」「那我去辦公室收拾一下東西，等一下我回來跟你們兩個解釋一下，然後今天就可以先放學了。」班導講完便離開教室。

王子健抄寫完進度表了，看了看教室外，遠處同學在球場打球，另一邊的窗外則是兩排樹與樹下的腳踏車棚，除了蟲鳴鳥叫外，十分安靜；對於眼前的進度，王子健早已掌握十之八九，但有些地方他總是過不去；那時的他沒有發現換個角度後，那些他總是搞混的題目就跟他擅長的題目一樣簡單，像是正數與負數那樣，簡單。

他看著眼前的王仕凱，正抬頭低頭抄寫著。

原本教室只有他一個人會留下，如今竟有個陌生人坐在附近，他並不覺得別人搶走班導對他的關注，但他不知為何又想起方才王仕凱的微笑，像是揮之不去的心緒，他覺得有些心煩，他對王仕凱那股傻裡傻氣的微笑感到不滿。

他盯著王仕凱的後背，好像連背面都可以看見王仕凱的笑臉似。

王子健左顧右看，摸到抽屜裡稍早撿回的板擦，雖然黑板上陳正忠丟中的印記已經擦去，但餘下的粉筆灰仍是相當明顯，他瞇著眼瞄準那塊印記，他的手拿著板擦前後來回擺動，準備投出。

「咻地」——板擦狠狠地命中王仕凱的背，王仕凱先是嚇了一跳，但他沒有立即回頭看向王子健，他還在搞清楚怎麼回事，他側轉頭，看著那只掉在地上、落在他腳旁的板擦，上頭的粉筆灰因為撞擊而散開，地板也塗上白色與黃色……雖然慢了一拍，但他的意識連接到稍早打掃時間的惡意，他站起身，過了幾秒才轉身；王仕凱面無表情地瞪著王子健。王子健露出尷尬的笑，王子健自己也沒有想到，他一直認為自己瞄準的是黑板上的那塊印記，「怎麼會丟中王仕凱呢？」他也是滿滿的疑惑。

王子健急著辯解，「那個，我不是故意的……我只是想把板擦放回去……」

王仕凱突然朝著王子健衝去，王子健嚇了一跳，邊講話邊往教室衝出，「你幹麼你幹麼……你不要亂來唷……」

一出教室，王子健便看到班導正往教室走回，他對班導大喊，「老師，我要去廁所……」便快速大步跑向班導身後的廁所；班導看著王子健著急的樣子，「這麼急啊……不要用跑的，等一下跌倒！」王子健邊跑邊回頭，他看見班導走進教室，而王仕凱沒有離開教室，他才緩步停下，他喘著氣，遠遠看著教室，有些狼狽。

09

王子健在腳踏車棚裡走著，看著車棚裡同學離去後留下的空位，以及幾台看似許久無人移動積了相當多灰塵近乎廢棄的腳踏車。

他將腳踏車牽到校門口準備騎車回家時，看見遠處王仕凱一個人在等公車。他沒有多想，回家的方向本來就會經過公車站牌，當他騎到王仕凱對面的人行道時，停了下來，他看著王仕凱，他考慮是否要向他道歉；然而王仕凱始終沒有抬起頭看向對街，王仕凱偶爾看著遠處注意公車是否駛近，他手裡拿著英文單字筆記本，默背單字的每個字母並反覆在心裡讀著整個單字……

兩旁的人行道上開滿鳳凰花，地上則是掉了不少盛開的花瓣。公車駛入時，王仕凱趕緊收起手中的筆記，上車。

鳳凰花送走畢業生，還是畢業生迎來鳳凰花；他們倆在這時，還沒意識到一年後的自己也即將成為畢業生，也即將在鳳凰花下接受祝福。公車擋住了王仕凱，王子健踩著腳踏車快速離開，他的車輪輾過了幾些鳳凰花瓣，替他的車輪妝點了黃橙的色彩……坐在車上的王仕凱，這時才從窗外看見王子健往前騎的背影，公車駛過王子健時，王仕凱本想轉頭，但他還在氣頭上，他的眼角餘光瞥見了王子健；他忍住沒有回頭。

第二章　沿拋物線甩出的身體長大

10

白先光邊玩電視遊樂器，邊講電話，他一一打電話邀王子健、陳正忠與林政國……只要他父母一不在，他一定想方設法讓四人組聚在一塊；暑假才剛開始沒幾天，白先光的父親又到國外出差了，母親則是以將軍夫人的身分陪同出席，白先光本來就沒打算一起去；父母不在，家裡也不是沒有人，但管家們都知道他是白少爺，雖然生活在同一個空間卻有各自的規矩；然而，父母不在時，白先光顯得特別自在，而管家們的工作內容雖然沒什麼改變，卻也好似更加輕鬆愉快。

管家穿梭家中，將家裡打點得一塵不染；白先光家在眷村裡獨樹一格，高起的牆圍住一棟兩層樓的洋房；牆外頭有數名小兵輪班巡邏，牆內除了洋房外，還有些簡單的小屋、仿外國庭園的噴泉與花圃……

王子健是四個人中最後洗完澡的，他打著赤膊，邊擦頭髮邊走進白先光的房間；林政國與白先光穿著背心短褲，而陳正忠與王子健一樣打著赤膊，王子健看著他們三人相互打鬧，搶著手上的望遠鏡，白先光也想看，陳正忠一直將他推開，「等一下，我再看一下！再等一下！」而林政國已放棄與他們兩人搶望遠鏡了，他正在把玩白先光借他的相機。

「小白，我要裝我買的底片了哦！」

「好啊，反正我最近也沒在用……你用完再還我就好……」

林政國打開相機，仔細地將底片裝進相機裡；相機是白先光去年的玩具，他已經有些膩了，他最新的玩具是 PlayStation。白先光仍不斷地想搶回陳正忠手上的望遠鏡，而陳正忠因個子小動作快得像猴子一樣，到處亂竄，白先光手長腳長，卻抓不住陳正忠；王子健只是站在一旁看他們打鬧。

「小胖，這邊風景這麼美，你是不是每天都在看啊，暑假都放幾天了，現在才分享給我們！這樣不行哦！」陳正忠既羨慕又吃味地調侃白先光；「沒有啦，你不要亂講，我偶爾看而已……好啦，還我啦……」明明白先光比陳正忠塊頭大得多，但他因體型略胖反而顯得沒自信，陳正忠又經常小胖小胖地叫，在陳正忠面前，白先光都「小」了一截。

望遠鏡視角裡，安真妮剛洗完澡，她放下平常紮起的馬尾，穿著簡單樸素，一面梳頭髮一面看著桌上的電腦，其他人看不見安真妮眼裡的景象，但看得見她臉上的笑臉，她的笑臉與平時在學校的不一樣，「從這個角度看，她真的滿漂亮的。」陳正忠發現了安真妮此時此刻的不同，雖然他說不上為何，但他的直覺清楚地告訴他，這個安真妮與平時綁起馬尾看到的那個恰查某不一樣；「她真的不錯吧，長得好看，功課又好……好了啦……換我了啦！」白先光口氣已經從打鬧變成不情願了，彷佛有人搶走了他的「安真妮時光」。

陳正忠將望遠鏡遞還給白先光時，林政國朝他們倆拍了照，「拍什麼，這有什麼好拍的……」陳正忠面向林政國，刻意握拳朝向他，一臉凶樣，但此時的他沒有惡意，他只是習慣與林政國吵嘴，林政國又按下一次快門，閃光燈打在陳正忠黝黑的皮膚上，特別好看，可陳正忠覺得林政國講不聽，整個人往林政國身上貼去，一臉逞凶鬥狠的樣子想揍林政國；可陳正忠是四個人裡身材最矮小的，王子健走到陳正忠旁，伸出胳膊架著陳正忠的脖子，另一隻手對著林政國的相機比出「ＹＡ」，陳正忠不情願地擺出鬼臉。

林政國再次按下快門。

「換我換我……小白……這麼遠，你看到的安真妮應該跟螞蟻一樣大而已，你是怎麼看得到她『滿漂亮』的……」快門一結束，王子健立即轉身拿走白先光手上的望遠鏡，王子健對望遠鏡不那麼感興趣，對安真妮也不像其他人一樣好奇，他將望遠鏡左擺右晃，沒有認真看，有一搭沒一搭地望著夜裡的眷村；陳正忠也跟著附和，「對啊，等一下換我啦，你每天都有機會看，今天應該要讓給我們三個看，不對，讓給我們兩個就好，那個雞肉國他不喜歡安真妮。」林政國的眼光立即離開相機觀景窗，反駁陳正忠，「最好啦，你最好知道我有沒有喜歡安真妮……而且情人眼裡出西施，不是每個人都要喜歡同一種人的……好啦，你們看這麼久了，應該換我了吧！」林政國一伸手便快速拿走了王子健手上的望遠鏡。

林政國的望遠鏡視角裡，只有眷村的路燈、屋頂；陳正忠不滿林政國，「你最懂啦，你的西施在哪？是檳榔西施哦！」林政國沒理會陳正忠，他找不到安真妮，「這麼黑，哪裡看得到什麼？安真妮在哪？」陳正忠立即反擊，「那是你眼裡沒有西施，所以你才看不到！」林政國持續在黑暗中搜尋，有野狗吠，他循聲找到了一條大黃狗，在眷村的路燈下尋覓食物；黃狗偶爾抬頭張望，好像知道有人在窺視牠似的。

陳正忠在陽台地上找到了顆小石子，他擺著投籃的動作與身體微蹲準備蹬跳而起的姿勢，指導白先光，「小胖，亮亮那邊，那個燈，有沒有看到，投的時候要沿拋物線，這樣才打得中，跟投三分球一樣……」陳正忠沒有擲出石子，他將石子遞給白先光，白先光模仿陳正忠的姿勢，「好，我試試……」白先光脫手而出將石子丟了出去，石頭砸中別人家的鐵皮屋頂，發出清脆又響亮的空隆空隆聲。

林政國從望遠鏡裡看見有個老伯跑出來，他大喊：「他奶奶的，誰家的死小孩，這麼晚還不睡……」林政國首先蹲下，其他三人也跟著蹲下，四人都憋著氣，摀著嘴，刻意忍住不笑；林政國對著陳正忠小聲地講，「拋物線，拋你個頭啦，不要亂教小白好不好……」

王子健又從林政國手上拿走望遠鏡，「換我看看，你們看這麼久，到底在看什麼？」王子健的望遠鏡視界裡，無星的夜空深暗卻又透著不明的微光，月顯得特別明亮，月附近的雲半透著光如薄紗，相較之下路燈略顯失色，樹沿屋簷爬過、樹影則是覆蓋了一層又一層……

「王子在看什麼呢？」白先光好奇地問。

王子健沒有回答，他持續四處看著。

「還不是在看安真妮，有什麼新鮮的，唉呀，從這個角度，連安真妮換衣服都看不到啦！」陳正忠滿不在乎地答。

「你就只會想到那些。」林政國有意無意地回應陳正忠。

「不想到那些要想到什麼？不然要想到你喔！」陳正忠瞪了林政國一眼，林政國不理會他，專心地調著相機的設定。

後來，王子健在望遠鏡視角裡看見一個老奶奶在家門外的小桌子旁，做手工，他好奇桌上擺的手工到底是什麼，但無論王子健怎麼調整位置，卻都無法看仔細，他只能看見那個老奶奶專注的樣子。突然，王仕凱出現在望遠鏡的畫面裡，他站在老奶奶身旁，王子健嚇了一跳，退了幾步，看了看其他三人；其他三人疑惑王子健的怪異行為，王子健趕緊假裝沒事。

然而，陳正忠當然不會放過這一瞬間，「耶，王子，你是看到什麼髒東西哦？看你嚇成這樣？」王子健不斷搖頭，他看了看其他人，刻意擠出笑臉，不甘示弱地說：「最好啦，你這個排骨飯，你才會看到髒東西啦！」陳正忠不但是四個人裡最矮小的，在體重上，他也是相較瘦上許多，但陳正忠的個性不服輸，他指著王子健的身材，「拜託，你自己也是排骨飯好不好，還敢講我！」白先光看了看四周，露出擔憂的表情，「你們不要亂講啦，我八字很輕耶！」林政國附和白先光，「都是阿忠啊，一隻嘴一直講一直講，講個不停！」陳正忠不滿地瞪著林政國，「死雞肉，你去多吃一點雞肉啦，你才一隻嘴一直講！」王子健有些意興闌珊了，他把望遠鏡遞還給白先光，打了哈欠，「好啦，我不想看了，沒什麼事啦，你們兩個麥吵啦，卡早睏卡有眠！」王子健刻意搭著陳正忠的肩，拉他走進白先光房間。

11

陳正忠、王子健、白先光、林政國依序躺成一排，白先光的床是由兩張雙人床組成，這是白先光後來特別加上的，陳正忠躺下後又坐起，壓著彈簧床晃動身體，看著白先光房裡的布置，指著架上的一只太空戰士公仔，「小胖，你有那隻哦！」

白先光也坐起，看了看，「哦，那是我媽送我的生日禮物。」陳正忠語氣非常羨慕，「哪有爸爸送一個生日禮物，媽媽送另一個的！」白先光只是傻笑，王子健與林政國沒有說話，王子健不斷打哈欠。

四個人躺在床上，望著天花板。

陳正忠想起那天隨著新排名的成績單一起發下來的暑輔座位表，「我都不知道老師是怎麼排位置的，又不按身高又不按成績，不知道到底是照什麼排的？」王子健起身問陳正忠，他一臉驚訝，「有新座位表？」白先光好奇地看著王子健，「我以為……那天你一幅很激動的樣子，一直比那張紙，是因為你看到座位表的關係！」林政國也接話，「所以……王子，你不知道小白會坐在安真妮後面哦？然後，我們四個人都被拆開坐……」王子健發現只有自己在意那張排名表，他隨意回答，「我不知道耶……可能怕我們四個坐在一起，上課會講話吧！」陳正忠不甘示弱地接話，「王子，你這樣講好像是在講我跟死雞肉國唷……」陳正忠看王子健不接話，他又繼續調侃白先光，「耶，小胖，你的位置不錯哦，在安真妮後面，你是不是有賄賂班導唷……」白先光一臉尷尬沒有答話，林政國察覺氣氛不對，立即反駁陳正忠，「你哦，玩笑不要開得太過分，無聊話還是少講一點……」

陳正忠也明白自己話講得太過，他看白先光靜默不語，他起身爬過王子健擠到白先光旁，「好啦，不要生氣，我開玩笑的……」他故意抱了抱白先光，捏著他的臉，「我們家小胖，白白胖胖最可愛了！」白先光笑了，他或許有些生氣但卻也很快便忘了，他明白陳正忠是無心的；陳正忠接著繼續説，「我們家小胖以後幸福了，每天都可以聞到安真妮的『香味』。」林政國不滿地立即接話，「你真的很低級！」陳正忠不以為意，「什麼低級，你最高級，這是人之常情，你不懂，難道你鼻子壞掉了，安真妮走過去的時候，你都沒聞到是不是？」陳正忠以自己的身體撞了撞白先光的肩，「小胖，你說是不是啊！」白先光有些尷尬地點頭不說話；陳正忠嗆聲般地對著林政國說，「怎樣啊，死雞肉國，我們這邊低級有兩票喔！」林政國轉過身側躺，不想理會陳正忠；王子健一直都沒有講話，他閉著眼；陳正忠爬回自己的位置，他二根手指指向自己的眼睛，「小胖，仔細觀察，我們再交換心得……對了小胖，要注意那個王仕凱，他跟安真妮好像很熟！」他接著問王子健：「對不對，王子？」然而王子健沒有反應；陳正忠一臉困惑地說：「睡著了，不會吧！」……

12

王子健沒有睡著，他只是一直想著安真妮打來的電話；那是暑輔結束後沒幾天的事，也是他第一次與安真妮「一對一」談話，過往兩個人的對話經常針鋒相對，多少帶著競爭的意味，一來因為班上的同學在一旁觀看，再者則是兩人的成績總是不相上下；因而，當王子健面對安真妮有些強勢的態度時，他總是一點也不讓步，他沒意識到自己往往為了刻意維持自己的男性自尊，不經意做出許多自以為有趣的反應。

　　但那天安真妮不一樣，她閒聊了一會兒表示自己對同學的關心，接著她語帶請求地提出交換條件，那口氣是和緩卻又不失身為班長身分的命令語氣，「……可以嗎？算是我用班長的身分要求你，可以嗎？」王子健當然完全無法接受這種語帶權威的要求，「班長的身分不夠有力唷，恕難從命。」安真妮有點生氣，「王，子，健，我是認真跟你商量，你可以不要跟我打哈哈嗎？」王子健感覺到安真妮的怒意了，他反而有些得意，「安，真，妮，妳又不是我誰，我幹麼要這麼聽妳的話啊，除非……除非妳是我女朋友。」安真妮以為王子健也是喜歡她的眾多男同學之一，她想著如何讓王子健答應她的要求，「你追人沒有比較浪漫的方法嗎？用這種？」王子健還是不改調皮的態度，「我有說要追妳嗎？大小姐，妳誤會可大了，我是說，除非妳是我女朋友，我才要聽妳的話。」安真妮鬆了口氣，她多少還是擔心王子健拿這件事當籌碼，她想著王子健的成績，他唯一輸給她的科目就是英文了，「我是勸你現在不要交女朋友啦，像我就是等考上大學才會談戀愛，因為現在我不想浪費時間……不然，我以英文小老師的身分，用英文考猜跟你交換……如何，很值得吧？」

王子健聽到安真妮上大學才要談戀愛這件事，彷彿遇到同道中人；他們兩人一直分占班上的前三名，再加上王子健的英文成績大幅落後安真妮，這樣的交換在王子健耳裡，是值得的，「嗯……是勉強可以接受啦，但我還是覺得我有點吃虧。妳不是大學才要談戀愛，幹麼對他那麼好？」安真妮的語氣十分認真，王子健都覺得她講的一定是實話了，「我，沒，有。我是以班長的身分要求你，你應該知道我希望班上的同學可以順順利利度過這三年，所以我希望未來高三這一年，班上也可以平平順順的，懂嗎？」王子健笑了出來，「哪有人求人求得這麼凶的啦，這怎麼行……不然，除了考猜以外，至少要跟我約一次會吧！」王子健對安真妮沒有特別的感覺，但他知道有很多人喜歡安真妮，他也不太明白自己怎麼會有這樣的要求，或許只是覺得如果可以跟安真妮一起出去約會的話，一定很有面子，他多多少少是抱著虛榮心提出這個要求的。

安真妮遲疑了數秒，「嗯……一起去吃個飯，看場電影，但是不要說成約會，可以嗎？」

13

王子健醒來，窗外還是黑的，他發現其他三個人都不見了。

他聽見白先光的遊戲房裡傳出講話的聲音，他走近站在門口，看著不久前他們四人在為了爭搶誰先跟誰比賽的電視遊戲畫面裡，正播著一男一女交歡。

白先光看得入迷沒有講話；陳正忠坐在中間，捏了白先光的臉，「小胖，你看得太入迷了，等一下要借我衛生紙，我要去廁所拋物線一下唷。」白先光眼神離不開畫面，手指了指身後，「後面有。」林政國看了看陳正忠，又往陳正忠的下體看去；陳正忠沒有轉頭，「小胖，你是認真過頭了哦，竟然還回答我，我要衛生紙還需要用借的哦？」陳正忠轉回頭看見林政國正在看他，「看什麼看，你是沒有哦，這是『正常反應』！」林政國臉紅了，他吞了口水，將眼神移回電視畫面。

王子健退回房間，躺在他原來的位置上，他閉上眼，卻都是方才的畫面，他記得剛才電視沒有聲音，或是有聲音卻很小聲，他不確定；但此時，他好像聽見女人與男人的喘息，他閉著眼，可畫面卻不斷，畫面在眼前飄散不去，他怎樣都睡不著了；他折彎食指與中指，弄出兩個尖錐似的角，抵住太陽穴，揉呀揉……似乎舒緩了些。腦裡忽然閃過不久前望遠鏡裡的視界，視界裡頭的王仕凱……接著是王仕凱那天在教室裡，生氣地朝他衝上前的模樣，以及他與王仕凱第一次對眼時，王仕凱對他的微笑。

不知過了多久，王子健覺得異常疲倦，閉著眼可眼皮還在跳動，非常睏卻又怎麼也無法真的睡著；王子健聽見他們三人從門口進來。

白先光壓著聲音以氣音告訴他們兩人，「菸拿去，要藏好，還有不要亂講我喜歡安真妮的事唷，誰知道哪個同學知道後，會不會亂傳，萬一傳到我爸媽那邊，我就死定了……」陳正忠非常開心地接過菸，「謝謝小胖哥的菸哦，怎樣，這次片子夠精彩吧，我下次再帶別的來！」林政國接過菸，「小白，謝囉！」陳正忠經過林政國時不小心碰到他的身體，林政國低著頭瞄了眼陳正忠還沒完全褪去反應的下體；陳正忠推了林政國一把，「你快躺回去你的位置啦，站在這邊擋路。」

三人躺下後，王子健的心情逐漸恢復平靜，可他閉著眼，方才畫面裡的男女喘息仍在，半夢半醒般，留在耳邊的聲音逐漸變小了；白先光與陳正忠，兩人早就你一聲他一聲地發出接力般的鼾息；而林政國則側著身體，背對他們三人，他有些困擾地抓著自己的下體，強壓著自己的生理反應。

第三章　一對多不是函數

14

王子健午睡醒來。午休結束的鐘聲未響起，他意識到自己滿身大汗，他伸手進抽屜，摸到自己的眼鏡，戴上，他想移動卻發現自己的腳麻了；每次腳麻，他都以為自己感覺不到自己了，他有種強烈的感覺，他與自己分離了，但那樣的感覺並不會太久，隨著麻痺的感覺褪去，他便立即忘了方才的擔憂；汗液從他耳鬢流下，他覺得熱，感到自己滿身汗，熱無盡地傳染般壟罩著整間教室，汗液也從不同的人身上流下，熱從一個人的身上傳到另一個人身上，旋轉的風扇顯得特別吵雜，吹出的風也是熱的。

他拿了面紙擦拭自己額頭與脖子上的汗，他聞了聞，卻聞不到自己身上的汗味，但也確實有一股淡淡的卻說不上是什麼的味道，如果沒仔細聞也聞不出來；沒有什麼味道這件事讓王子健感到焦慮，好像他無法確認自己的存在般，他可以清楚地分辨四人組裡其他三個人身上的味道，與好聞不好聞與香與臭都無關，其他三個人的三種味道，都讓他們實實在在地占有空間……王子健捏著鼻，憋氣直至需要大口呼吸……

味道其實有點像聲音，兩者都沒有實體；可味道卻又不那麼像聲音，聲音像外表一樣可以從很遠的地方就辨別，辨別出不同的頻率、大小與個人的好惡，聲音與過往的記憶或許有關也可能完全抽象無關；可味道還是有那麼一點不一樣，味道必須接近，味道一旦出現便會立即與個人過去經驗的某個片段連接，講白了，味道是一種記憶，而記憶一般來說都是複雜的，很難一刀切開，很難黑白二分，回憶的美醜往往都是主觀的，往往都是本人選擇了何種角度何種方式記著或忘記。

……王子健用力咬了自己的手臂，他聞了聞唾液留下的腐味，他覺得臭，立刻將唾液擦掉，可他心裡卻也因此填了分滿足。他脫下錶，擦乾錶背與手上的汗液，他看了看時間，還得等待三分鐘，鐘聲才會一如往常地響起，而有些時候那一如往常的鐘聲格外令人安心，此時或許就是那個時刻，他趴在另一隻手上，空出的那隻手則是不停地捏著自己麻掉的大腿。

有個人走近，在王子健的座位旁停下，王子健抬頭一看是王仕凱，但王仕凱沒看見王子健，王仕凱的手勢擺動，對著遠處的陳素芬，舉止刻意保持無聲可表情卻顯得比平時誇張，但怎麼擠眉弄眼，他臉頰的笑窩卻永遠不會消失般地擱在那；陳素芬不停用力揮手表示否定；當陳素芬看見王子健抬頭時，她的眼神飄向王子健，王仕凱也因此看向身旁的王子健；這是兩人截至目前為止最靠近的一次，他們看見彼此，不是看見對方的手或腳、臉或髮，而是眼對著眼，眼對眼的瞬間兩人彷彿看見的不是他們各自的存在，兩人還未察覺，彼此的心思已有了變化，兩人看見的是無盡疑惑的眼神背後對彼此更複雜的好奇；王仕凱想起自己被王子健丟中板擦的瞬間，自己的驚嚇與隨之而來的困惑及怒意，而王子健想起的卻是幾日前在白先光家陽台，王仕凱在望遠鏡裡的模樣。

那一瞬間如此地短，短到放不下一句句子或是一幅飽滿情緒的畫面，可眼神的瞬間與記憶資料庫的引出卻是無限浩大。王子健先退讓了，他將頭低下，趴著，他看著王仕凱的足踝、王仕凱的鞋緣，甚至是王仕凱鞋裡的腳趾，隨著他激動的情緒與壓抑的舉止而頂了頂他的鞋頭；不久，他看著王仕凱的腳離開……

擰乾的手帕還未完全乾去，揪成一團放在白先光的抽屜邊；白先光半夢半醒，下意識地抓癢、擦汗；他身型高大，說到頭其實是有些過胖了，因為胖，他特別容易流汗，於是他養成習慣，幾乎每節下課他都到洗手台報到，他經常洗臉洗手，也以清水沖洗手臂，他擰溼手帕，對自己的腋下，關節，脖子與身體，擦了又擦，有時他會聞一聞那條溼掉的手帕，發出一臉複雜的表情，像是某種自己也無法想像的味道。

陳正忠也沒真的聞過白先光的手帕，但他經常拿那條手帕開玩笑，他以衛生筷勾著白先光的手帕，朝王子健或林政國身上丟去，兩人都瞬間躲開，好像那條手帕是某種蟲子般嚇人，他們誇張的行為舉止不斷，他們就是得鬧得全班都把目光放在他們身上不可……白先光睡得沉，差一點便打呼了……風扇轉動的聲音遮掩他固定頻率的呼吸，可卻遮掩不了他汗流浹背的模樣，他整個後背全溼，白上衣黏膩地附在他的身上，別人最常聞到的便是他身上混著洗衣精香味的汗味。

電扇吹著陳正忠的頭髮，深黑短髮在電扇下一動也不動，他的脖子與耳鬢冒著汗珠，因為午休後是體育課的緣故，陳正忠已將白上衣脫去，換成透氣的無袖背心了，他趴在桌上睡得又熟又沉，此時的他如此安靜，模樣讓人無法想像平時的他有多麼過動多麼吵雜。

陳正忠皮膚黝黑、體型瘦小，平時他身上也是沒什麼味道，可是每次打完球，他流過汗的衣服總是特別臭，因此他經常脫掉上衣，將臭味留在他處；他的書包裡則是會多塞兩件短袖或背心，他擔心別人說他臭，所以他總是先取笑白先光，他也必然會在打完球後立即替換衣服；他是四人組裡最矮最瘦也是皮膚最黑的，這讓他有點沒自信，於是他先在言語或是行動上占別人便宜。

陳正忠喜歡占人便宜這件事，林政國看得特別清楚，他經常刻意與陳正忠作對，因此給旁人有一種他們倆特別喜歡吵嘴的印象，林政國尤其喜歡當著陳正忠的面，將手放在鼻子邊搧了搧，擺明嘲諷他流汗後的臭味，也是想教訓他喜歡逗弄白先光；林政國體型壯碩，喜歡健身，對自己的身材有著自信，也對健身後帶來的肌耐力感到滿意；特別是他從三分球線邊緣垂直上躍，將球投出的瞬間，球沿拋物線飛出後直接落網的瞬間，他便對自己花了如此多時間練出的肌肉又更加滿意了，對他而言，所謂的自信便是這樣一點一滴累積而成。

林政國也在鐘響前醒了，他因悶熱拉著上衣透氣，他轉頭看見趴睡的陳正忠，他倆中間的同學正巧全都不在座位上，他從側面看去，陳正忠穿著寬鬆的背心，陳正忠毛髮賁張的腋下、扁平無肉的胸部，全都一覽無遺，他還不懂為何自己一直盯著陳正忠的身體，他盯著陳正忠的身體瞧卻也同時對著陳正忠的人發愣，他其實是沒有心思的，他只是不知道自己的眼光離不開陳正忠……突然間，幾日前在白先光家，陳正忠仍有反應的下體撞到林政國的瞬間，畫面變得無比地具體，畫面在他的腦海閃現。鐘聲響起，他嚇了一跳，他的腳撞到了椅子發出聲響，他趕緊抓住桌緣穩住，假裝趴下睡覺……

他不知道腦海為何突然浮現那天的畫面，他甚至不知道自己為何要如此緊張，為何要假裝自己沒有偷看陳正忠；他還不知道那是他心裡的鬼，在他沒綁住時偷偷竄了出來；但有一點他是知道的，班導最終沒將他與陳正忠的座位離得太遠，他心裡是高興的。

鐘響一如以往，可對某些人而言卻顯得有些漫長；那是午睡醒來的教室，眾人滿身大汗，各人有各人的味道，無論是有形的或無形的存在，都不那麼明顯卻又占著各自的位置，那是青春的氣息，那是某個夢的邊緣。

15

林政國從半空中原地往下掉，又再次蹲低，往上，躍，他試圖摸到天花板上的橫柱，嘗試幾次後又接著伏地挺身十下，重複一輪又一輪；白先光剛換好衣服從廁所走出。

「阿國，你是體力太多哦，體育課還沒開始就滿身大汗了。」白先光隨口一問。

「我熱身，」林政國喘著氣回答，「等一下，要電，阿忠。」

「誰電誰還不知道，你省點力氣不然等等輸了又要找理由。」陳正忠立即回嗆。

「我不會。」林政國喘著氣立即回覆，隨即繼續上下跳躍。

白先光走到洗手台的鏡子前加入王子健與陳正忠的行列，王子健與陳正忠的頭髮都是打溼的，他們倆左梳右撥，都拿不定主意頭髮要怎麼分比較好看。

「王子，你覺得我是分左邊比較好看，還是分右邊？」陳正忠問王子健。

「亂分！」林政國立即接話。

「你閉嘴啦！又沒問你。」陳正忠不滿林政國總是嗆他。

「都可以吧，我覺得差不多耶！」王子健看了看鏡子裡的陳正忠，又看了看自己。

「小胖，那你覺得呢？」陳正忠顯然對王子健的答案不滿意，又問了白先光。

「左邊吧，我覺得……還是阿國好，剪三分的都不用分，真方便……對了，前幾天有學妹給他情書耶！」白先光擺了擺頭看了鏡裡的陳正忠幾眼。

「小白，不要亂講！」林政國的語氣明顯地想打斷白先光討論關於他的話題。

「情書……哪個學妹眼光這麼差，啊不然你學他啊，全部理光光，看會不會有學妹給你情書！」陳正忠不服氣地告訴白先光。

「不好啦，我剪那樣不好看，臉會更大。」白先光對著鏡裡的自己搖搖頭。

鏡子前，陳正忠持續梳頭換髮型；而王子健將頭髮全部往後梳，又全部往前梳，看起來像是在搞笑，白先光拍了拍王子健的肩，「王子，沒想到你這麼風趣！」王子健頂著一頭小瓜呆的髮型，面無表情地瞪著白先光，白先光笑個不停……

王子健還是索性將頭髮往後梳，因為頭髮已逐漸乾了，自然地分向兩邊，是王子健平時的髮型；白先光看著自己比其他人略肥胖的身體及繃緊的衣服，拉了又拉，深吸氣縮肚、緩慢地吐氣；陳正忠看了白先光一眼。

「小胖，別拉了，少吃點，都激突了！」陳正忠因為拿不定髮型而感到煩躁，故意嘲笑白先光的身材，白先光有些自卑地低頭微微駝背雙手交叉環在胸前，像是將整個身體縮起來一樣。

「別理他，我們先去熱身！」王子健拍了拍白先光的背，安慰他，示意要他別理陳正忠，王子健拉著白先光走到一旁，張開雙手熱身，轉動著身體，一轉身他看見遠方的王仕凱、安真妮與陳素芬及幾個女生一起朝操場走去，但他假裝沒看見，他擺動著熱身的動作但思緒卻隨著眼神看向遠處。

「快點啦、好了沒！」林政國不耐煩地問，又一跳一躍，陳正忠轉頭瞪了林政國一眼。陳正忠好不容易找到一個自己覺得好看的角度，他靠近鏡子仔細地切分著頭髮。林政國沒有停下動作，他繼續說：「要上課了，梳這麼久，等一下還是會亂掉！」陳正忠一邊梳頭一邊回嗆林政國：「你不要再跳了，你嫌你的腿還不夠粗哦，而且這樣跳，籃板也不會搶得過我啦！」「鳥啊腳，真敢講哦，再來比呀，嫌輸不夠哦！」林政國不服輸地回話。「靠，出一張嘴。來鬥牛啦，要賭什麼？」陳正忠顯得興致勃勃。「你輸了，一個禮拜，不講話。」林政國停下動作，喘氣不停，對著陳正忠說。「靠。又來。賭一些實際的，不要賭這種無聊的事……」陳正忠對林政國的提議不以為然，轉頭回去看著鏡中的自己，梳頭髮。

兩人的賭注還沒決定，上課鐘便響起，王子健與白先光直接往操場跑去，林政國落地後也立即朝王子健與白先光的身後追上，經過陳正忠時故意撥了一下他的頭髮。「幹……什麼啦！你是白目哦！」陳正忠隨意梳了一邊，立即跟上他們三人的腳步，朝操場奔去。

16

眾人的腳往下落，林政國從陳正忠手上搶到籃板球，運球、傳球，球在地板與手掌間摩搓，發出攻擊力道的聲響，重新展開三對三對峙。籃球不是三人就是五人，從來沒有四人一隊的，四人組在三對三的時候便得硬生生地拆開；王子健、陳正忠、白先光三個人通常組成一隊，而林政國則與班上的小王及小周一隊……同學一組又一組，一輪又一輪來回，不少人覺得疲累已癱坐在球場邊充當啦啦隊了；王子健起身投籃，唰，進球，王子健、陳正忠與白先光那隊又贏了。

「唉，阿國，我不打啦，對不起哦，我腳好像有點扭到了，有點痛，不太舒服。」林政國的隊友小周喊著，他們三人下場後坐到一旁，灌著水。陳正忠得意忘形了，他囂張吆喝著，「還有人要報隊嗎？來一點強的對手吧！」林政國四處看了看，起身走到王仕凱旁，「王仕凱，要不要打球，我們少一個，幫忙補一下吧！」

「好啊！」王仕凱沒有想太多，果斷地答應了林政國的邀請，他替代小周的位置，他必須防守王子健。

陳正忠與林政國互相洗球，球在兩人間來回，球彈地後回彈的瞬間特別用力，那是因為兩人將球擲給對方時都刻意使了勁，有一次林政國還轉動球，陳正忠差點因不規則彈跳沒接到球，兩人看著對方，對峙的模樣，明顯有火藥味。王仕凱站在王子健旁邊，張開雙手，試圖阻擋王子健，王子健比王仕凱高一些，他看著王仕凱將手往兩旁延伸企圖包圍他的模樣有些笨拙，他刻意前後左右移動腳步，王仕凱總是慢了半拍才跟上，他看著王仕凱，王仕凱的表情非常認真卻完全不具任何威脅。

王仕凱運球，停下，好幾次投籃沒進，這次他投球前明顯遲疑了一下，透露出他缺乏信心。他將球抓住，左晃右擺地做了幾個明顯的假動作，再一次，原本想投球，卻又停了下來，王子健猜出王仕凱想將球傳給林政國的企圖，王子健往前貼得緊，刻意不讓王仕凱傳出球，王仕凱只好勉強出手，球在籃板與籃框邊空隆空隆彈跳了好幾下，最終還是沒有進籃。

雖然四人組的三人很有默契，但林政國三分球卻也是格外地精準，兩隊的分數緊咬著；陳正忠腳步慢了些，林政國瞬間穿越陳正忠，又再一次帶球上籃成功，王子健與白先光對此很是不滿，已準備換位防守，可是陳正忠覺得面子掛不住，他堅持不換位，有幾次，林政國一個人便吸引了兩個人防守他，當他見兩人朝他奔來時，雖然身體已往籃底下衝去，可他見情勢不對便順手將球往身後一拋，巧妙地落在隊友小王手上，小王在無人防守下穩穩將球投出，碰，碰，碰，咻，球進了籃。陳正忠怪罪其他兩人應該各自守好自己的對手，可王子健與白先光則認為該隨時換位，幾番來回運球抄球傳球投球搶球後，雙方比數來到平手。

陳正忠與林政國再次互相洗球，丟出球的力道都加了更為緊繃的競爭味道，陳正忠走到白先光旁，竊竊私語一番，回到原位繼續與林政國相互洗球；陳正忠停下動作，他假裝傳球給王子健，卻雙手錯開傳給了白先光，陳正忠站在三分線的位置舉手要球，白先光將球拋回給陳正忠，這時王子健與白先光都跑回籃板底下卡好位置，準備搶球……林政國雖然慢了一步，但他沒讓陳正忠安穩投球，他用力朝陳正忠蹬跳好像獅子般撲向陳正忠，這大動作確實嚇到了陳正忠，球在籃框上跳動了好幾下，好像在遲疑一樣，到底要落袋還是不入網呢？白先光與小王在籃底下以身體相互推擠著對方，王子健與王仕凱幾乎同時跑進禁區，躍起，搶球。

王子健撞開了王仕凱。

王仕凱落地時踩到白先光的腳，他整個人往球場邊滑開，他無法站起，他的腳踝扭到了。

同學們紛紛停下動作，聚到王仕凱旁邊，王仕凱握著腳，非常疼痛的樣子。安真妮也趕到了，她有些慌張地看了看四人組，「怎麼回事啊？」「就搶球不小心撞到！」「王仕凱你還好嗎？」「還好！」「我看我去請教官幫忙好了！」一聽見「教官」兩字，王子健立刻站出來，「不用了啦，沒事了，我送他去保健室，這種小事不用找教官！」「王子健，又是你，我不是叫你不要欺負新同學嗎？」「我沒有，不小心撞到的，別亂講！」「我看還是叫教官處理吧，教官可以聯絡家裡啊！」王仕凱也不願意聯絡家裡，「沒關係，我去保健室就好。」王子健對四人組說，「幫我扶他上來，我背他去保健室！快點！」，白先光與林政國一人一邊，抬起王仕凱，王仕凱不情願地搭在王子健的背上。

或許是因為疼痛，也正好是因為背負的姿勢的緣故，王子健怕王仕凱滑落，他的雙手用力地抓住王仕凱的雙腿，托著；王仕凱有些彆扭不願意，他的身體掙扎卻使不上力，只能無力地靠在王子健的背上。

陳正忠也支援王子健，對著同學們揮舞著雙手驅散他們，「好啦，沒什麼好看的，不要聚在這裡，去打球，解散！解散！」

王子健背著王仕凱朝保健室走去，安真妮隨後跟上，王子健不想讓安真妮跟著，「妳回去啦，等一下老師看班長不在，又問東問西的，還有，不可以跟教官說唷！」但安真妮放心不下，「不行呀，你違反我們的約定，不知道你又有什麼把戲？」王仕凱好奇地問：「什麼約定？」王子健一口氣回答兩個人問題：「沒有什麼約定，我沒有搞什麼把戲，妳是要不要讓我趕快送他去保健室！」王仕凱不想讓安真妮看到自己這個樣子，他覺得自己很窩囊，他反倒幫著王子健趕走安真妮，「班長，不好意思，妳還是先回去好了，免得老師問起來，可能還要靠妳幫忙擋一下……」

安真妮停下腳步，「好吧！王子健你要好好照顧人家哦！」王子健有些不耐煩地回答：「知道了啦！」安真妮看著王子健背著王仕凱，朝保健室的方向走去，她有些擔憂，卻也只能如此，她看著王仕凱差點滑下來，而王子健再次將王仕凱往上托穩。

17

王子健在廁所前的洗手台，收水管；陳正忠、白先光與林政國拿著刷子從廁所走出，他們剛打掃完廁所。對掃廁所這事，白先光與林政國早已習以為常，但對陳正忠而言卻是不情願的，他語帶抱怨，「明明人是王子撞的，我們幹麼要連帶受罰呀！」白先光則是補充說：「因為我們是同一隊的啊。」王子健將收到一半的水管再度接上水龍頭，打開水朝陳正忠噴去，林政國與白先光迅速地往後退一步，「你還敢講……都怪你沒投進，我才要搶籃板，所以才撞到他的……」陳正忠站在原地沒反應過來，他全身都溼透了，其他兩人看著陳正忠，在一旁笑得不能自已。

陳正忠全身溼走向王子健，故意用手環住王子健的脖子，湊近他說，「王子，這你就不對了，找那個王仕凱打球的，是阿國又不是我，害你被罰掃廁所的罪魁禍首是『他』才對！」陳正忠說到「他」字時，搶過王子健手上的水管朝林政國身上噴去，林政國與站在一旁的白先光也被水噴得全身溼透。林政國立刻飆出髒話，「『幹』——麼啦，你真的很幼稚！」接著陳正忠也不放過王子健，反正自己都溼了，他索性抓著王子健，一起淋著水；林政國衝上前想搶走水管，陳正忠放開王子健，往後退了幾步，捏住水管出水口，水柱變得更細更快，他朝白先光、林政國及王子健三人身上胡亂噴水，三人一面笑一面假裝憤怒地朝陳正忠衝去……

四人都溼透了，也笑成一團。

他們的笑聲傳到了附近的教室；班導從遠處看見他們四個人，指著他們，大喊：「你們四個，看來我罰得太輕了，你們還挺開心的嘛，我看是要再多掃一個月的廁所才夠是不是！」他們四人趕緊收拾打掃用具，臉上充滿笑意，身上滴著水；鐘聲響起。

18

王子健的褲管捲起，偶爾仍有水滴滴落；椅子下，有幾處積水乾去的水漬。

班導有些生氣卻又無言以對，再怎麼說王子健也是朋友的小孩，她早已把他當作半個兒子了，對王子健，心裡總是有些偏袒的。

「王子健，寫完了嗎？」

「還沒。」

「你們四個覺得這樣很好玩是不是？還是說你們想多掃幾個禮拜廁所？」

「沒有啦，對不起！」

班導看著王子健，王子健不敢抬頭，王子健「沒有」的口氣，不只是不想多掃幾個禮拜廁所，更是對班導師投以撒嬌的意味，他知道教訓了，他會改過的。

班導還是忍不住多叨念幾句，「你自己注意一下，你們四個不要玩得太過分，如果出什麼事，我要怎麼向你媽交代，而且你看新同學才來多久，就受傷了！」這時王子健回答的聲音變得更小，「我知道了！」王子健將注意力移回至眼前的試題上。

王子健的身後，教室外的籃球場上，林政國一個人在練習三分球。

班導有些擔憂地看著王仕凱紗布包紮的腳踝，「王仕凱，等一下回家沒問題嗎？」王仕凱的口氣帶著逞強，「我可以，我有請我爸過來載我！」聽到有家人會來，班導倒是更加擔心了，「你爸……知道發生什麼事嗎？」王仕凱雖然平時遲鈍了些，但碰到這種事他倒是非常機靈，「我說我打球跌倒扭到腳而已，沒什麼……」聽見王仕凱的回答，班導算是放了一半的心，班導看著王子健說，「如果需要幫忙再跟我說，我這邊有個現成的幫手！」王子健與班導互相看了一眼；王子健舉手說，「老師！」王仕凱以為王子健急著自願幫忙，但是他不願意讓王子健幫忙，他便也急著喊，「真的不用，謝謝老師，我自己可以的！」王子健的手縮了下來，小聲地說，「老師，我想去一下廁所。」班導苦笑點了點頭。

王子健從廁所走出，站在洗手台的鏡子前整理頭髮，這是他與陳正忠的習慣，他看見林政國練完球，朝他走來；他看著鏡裡的自己，又看著朝他走近的林政國，想起了陳正忠與林政國總是不停鬥嘴，「阿國，你怎麼練得這麼勤？」「跟阿忠打賭啊，不想輸他！」林政國轉著手上的籃球，但球上的紋路已經磨平了一大半。王子健好奇地問，「他不是已經輸了哦！你們賭新的？」「對啊，輸的要答應贏的人一件事，做得到都可以。」林政國站在王子健旁，打開水龍頭，將整個頭埋進流下的水柱，水不斷澆在他極短的三分頭上。「一件事哦，賭這麼大……好吧，那你洗一洗趕快回家吧，你家住比較遠，我先回去教室了……」王子健朝教室走回；林政國正在漱口，他對王子健比了OK的手勢。

當王子健快要走到教室時，林政國對他大喊，「王子，你覺得我早上問你那題的答案是什麼？」王子健轉頭對林政國喊，「你說那題矩陣哦，我大概想了一下，我覺得應該是無限多解，不過我還沒解出來，等我想出來怎麼解再跟你說。」

王子健走進教室前停下腳步對林政國喊，「對了，阿國你覺得行列有可能轉置嗎？」

19

時間回到稍早，王子健背著王仕凱往保健室走去；王子健想問王仕凱腳痛不痛，可問話始終銜在嘴邊沒講出口；王仕凱原本也想向王子健道謝，但當他看著王子健的後頸與後背時，便想起先前自己後背上的板擦印記，他也把話吞了回去。王子健背著王仕凱，但兩人卻顯得彆扭，王仕凱也是瘦，王子健背著王仕凱不感到重，但兩人靠得如此近，王子健覺得有些尷尬，而王仕凱也想保持距離，兩個人一個往前走，另一個卻想往後保持距離，可背負的姿勢卻又讓兩人無從選擇，前胸貼後背，王仕凱不想將手攀在王子健肩上，他幾度重心不穩險些滑落，王子健便得蹲低身體，將王仕凱再次往上提，背妥背穩，王子健自覺得有錯在先，不敢對王仕凱真的生氣只是有些不耐煩地碎念著：「你別亂動啊！」如此兩人便又靠得更近一些。王子健其實也感受到王仕凱身體的拒絕，然而他自己也感到無比煩躁，他一心只想趕快走到保健室，這樣便能放下王仕凱。

校護在王仕凱的腳上繞著紗布，固定，綁妥。她轉身看著表格上的名字，「王同學」，王子健與王仕凱同時答了，「是！」兩人互看了對方一眼便立即將眼神移開，那一瞬間空氣凝結了，原本無交集的兩人交集了，可這交集是尷尬的；然而，這一瞬間的空氣凝結與尷尬氣氛，與「相視漠然的尷尬」不同，後者是一種結束，至於眼前的兩個人，更像是默契的產生、距離的拉近，是一種開始，他們注意到對方了：一圈圈的紗布繞起，牽起彼此更多的注意力，兩人意識到對方的存在了，但兩人卻不知如何放置各自的眼神，因此他們只能不斷閃避對方的眼神，閃避卻又無處可去，卻反而不停地在對方身旁游移。

校護轉頭看了看兩個人制服上的名字，笑了笑。

「我是叫這位（王仕凱），同學，你記得不要碰到水，三天後再來換藥。這隻腳盡量不要出力，要多休息。」王仕凱用力答好；校護接著對著王子健說，「回去跟導師說，你同學這幾天盡量少走動，每三天要來換藥唷！」王子健沒有回話，他頻頻點頭答應。

20

王子健的腳踏車停在腳踏車棚，沒有騎走。一陣風吹過，有片菩提葉落下，正好落在他的腳踏車座墊上。

王子健偷偷跟在王仕凱身後，從坐公車到王仕凱走回家裡，王子健都默默跟隨，此時的他，只是覺得自己對王仕凱有分責任，「至少看著他安全到家吧……」王子健心想。

然而，等到王仕凱到家之後，王子健卻走不出眷村，他找不到方向，眷村的大路並不難認得，但每一戶的建造看似有規則卻沒有按照規則，新增的彎曲小路是由別人家與另一家沒有相鄰而讓出的通道，令人難以辨識，王子健遇到了電話亭，他不願向人解釋他為何出現在此，他在電話亭前，他雙拳抵住太陽穴，用力壓；不知道該向誰求救。

第四章　根號三是視界變化的無理數

21

午飯時間，四人組各人手上拿著便當，大搖大擺地走過別人的教室，往天台樓梯的方向走去；王子健走在最前面，他最早抵達樓梯口；其他三人依序跟在他身後不遠，陳正忠的眼神最直接，他一路都看向別人教室，好像別人的教室是櫥窗般，裡頭展示著不同的女同學，他一邊走一邊與身後的白先光討論著，兩人竊竊私語、有說有笑，林政國一手拿著便當，另一手轉著籃球跟在他們倆後頭；王子健站在樓梯口，一腳已經踩著往上的梯階，他對著他們三個人大喊，「快一點，你們在幹麼！」王子健四處張望，他轉身時看見王仕凱從另一頭走來。

王仕凱的腳好了。

王仕凱與安真妮、陳素芬及幾名同學從另一頭往王子健的方向走近。

王仕凱看見王子健，他對著王子健揮手；王子健被這突如其來的招呼嚇了一跳，他沒有回應王仕凱，他立刻轉身，假裝沒看見，他看向其他三人，白先光與林政國卻都看見了，王仕凱對著他們的方向揮手，他們倆的表情疑惑，看著王子健，但他們的表情不是懷疑王子健；白先光的疑惑與安真妮有關，他以為王仕凱知道他喜歡安真妮，而白先光又坐在安真妮的座位後，許多次王仕凱找安真妮時，白先光會主動向他點頭示意，因此他以為王仕凱是向他打招呼；林政國的疑惑則是連結到先前的打球事件，他以為也許是因為曾經同為隊友，也或許是王仕凱想表現善意，因此他也以為王仕凱是向他打招呼。

然而，他們三人都沒有對王仕凱的揮手有所回應。

王子健看著白先光與林政國的疑惑表情時，他心虛了，他想逃走，他刻意指了指上樓的方向，便立即往樓上跑；白先光與林政國也因為沒回應王仕凱而顯得有些彆扭，便也很自然地趕上王子健的腳步，陳正忠眼神還留在方才的某個教室的某個座位上，他不明白為何白先光與林政國突然快步跑上樓，他看著他們跑離後，他也只能趕緊追上他們，上樓前他也看見了不遠處的王仕凱等人，那時候陳素芬正好轉頭與王仕凱講話，陳正忠皺了眉。

22

白先光便當盒裡的滷蛋，陳正忠咧著嘴開心地挾走一顆。

學校天台上擺著觀眾椅、籃球架及地上東缺一角西缺一塊的落漆球場線，已經好一陣子沒有同學在天台上打球了，這裡是籃球場整修時暫時充當的備用場地，但其實也沒過多久，只不過日曬雨淋、風吹雨打，鐵製的籃球框上白漆剝落，鏽長得滿滿都是，框上的網子早已拆去，看上去充滿著歷時許久無人使用的廢棄樣貌。

王子健吃了半個便當便吃不下了。然而，陳正忠的便當盒幾乎快空了。

「剛剛你們三人跑這麼快，我還以為你們肚子很餓呢？怎麼都是我在清。」陳正忠好奇地問；王子健不想讓話題延續，「阿忠，也幫我吃一點，這邊這幾塊我都沒咬過！」王子健將便當盒打開遞給陳正忠，陳正忠才不管有吃過沒吃過，他直接吃起王子健剩下的飯菜，王子健拿出口袋的紙條，看著上頭的題目，他思考如何解題，他已經反覆看了好幾次。

「王子，你也多吃一點好嘛，看你最近三分球投出去都肉包！」陳正忠一面吃著王子健剩下的便當卻又叫王子健多吃一點。王子健想著題目，沒有答話。「死雞肉國，吃飯就吃飯，還出題給王子算，你看他想題目想到都吃不下了！」陳正忠對著林政國叨念。

林政國的表情不以為然，對著陳正忠擺出五指張開縮放的手勢，那是「聽你在放屁」的意思，但因為正在吃飯所以他沒說出口，他不想理會陳正忠，繼續吃著便當；王子健看向天空，陳正忠說話的內容他聽見了卻好像完全沒入耳，他陷入沉思。

「阿忠，也幫我再多吃一點，我家阿姨弄好多。」陳正忠明明早已吃完自己的便當，卻好像還沒吃午餐一樣，又從白先光的便當盒裡挾了好幾樣菜，他自己打圓場地說，「哈哈，我剛好正在發育！」林政國吃完便當了，對陳正忠那副貪得無厭的模樣，他忍不住數落，「最好是正在發育啦，看你都不知道消化到哪了，每餐都吃這麼多，還是全身排骨。」陳正忠不甘心，撩起袖子，露出結實卻顯得有些迷你的二頭肌，「最好，你沒看我的肌肉，有沒有看到！小胖，來，你摀一下看看是不是很厲害！」白先光才舉起手，林政國便衝到陳正忠旁邊，他也想「摀一下」，陳正忠立即退後兩步，「你不要亂來，我要先吃飯。等我吃完再好好『教訓』你，厚你在球場上輸卡脫褲爛。」林政國不以為然，「來呀，你只會出一張嘴。」

飯後，林政國在天台籃球場的另一頭抽菸，他知道王子健不喜歡菸味。陳正忠終於吃完飯，他朝林政國跑去，林政國知道陳正忠喜歡飯後來根菸，而林政國更知道陳正忠喜歡貪小便宜，陳正忠開口向林政國借了根菸，林政國早已準備好了。

點菸時，陳正忠與林政國的嘴裡都銜著菸，兩人靠得非常近，相距只有兩根菸的距離；陳正忠專心地在菸頭吸一口氣，讓菸點著，而林政國則是有些分心地看著陳正忠的臉。這張臉他早已看過不知多少遍了，陳正忠嘴裡會講出的話、陳正忠臉上有幾顆痣、痣的位置、右臉頰上一條兩公分左右卻不太明顯的凹痕、陳正忠講著什麼話時會以手指的哪個位置夾著菸、陳正忠抽完菸後丟菸蒂的手勢、陳正忠只要碰到不懂的事時便會像找不到東西一樣四處盲亂地看……陳正忠的跩樣孬樣傻樣矬樣或是放鬆緊張尷尬得意……林政國幾乎都看過一遍又一遍了。

菸點著了，陳正忠便往後退去。

「耶，等一下來鬥牛啦！」陳正忠總是喜歡跟林政國爭輸贏。「那要賭什麼？」林政國反問。陳正忠刻意掏出口袋露出袋底，「不要每次都要賭啊，有時候打球就是一種樂趣……對了，上次不是說，要賭答應對方一件做得到的事！賭這個好了，不花錢……」林政國兩手一攤，「那走啊！你講幾次了！」

兩人往天台的樓梯口走去，陳正忠對王子健與白先光的方向喊，「我跟阿國先去打球哦！」他靠近林政國，刻意小聲地問他，「你那個題目算出來是有什麼好處嗎？」林政國實話實說，「補習班老師說算出來的人有一千塊獎金。」一聽到獎金，陳正忠突然伸出手搭著比他稍高的林政國的肩，並回頭對著王子健喊，「王子，算出來我抽一成哦，我是你的經紀人！」林政國有些不屑地看著陳正忠，但是他並沒有推開陳正忠。陳正忠對林政國說，「以後有這種好處也要報給我知道啊！」他的口氣透露出他的貧乏，然而此時陳正忠的身體搭著林政國，靠得十分近，太近了，近到林政國可以感覺得到陳正忠的體溫、陳正忠的體味，林政國沒有像平常一樣回嗆他，他默默地點頭，兩人站在天台的樓梯口，不急著下樓，說著一些無關痛癢的話。

白先光總算吃完午餐，「王子，最近假日找你打球你都沒空，是跑去哪裡啊？是去約會嗎？」王子健的思緒讓白先光的疑惑給打斷了，他果斷迅速地回答：「沒有。」但因為白先光的詢問，他的思緒沒兩下便抽離了那道數學題，他想起自己曾對王仕凱說過的話，「我們在學校還是保持之前的樣子哦！」白先光不疑有他，沒再繼續追問下去，他也看向王子健看向的天空，「對了，這禮拜中山堂要播『空中監獄』，你們三個都要來哦，我位置都喬好了！」王子健仍看著天空，點了點頭。

23

王子健與白先光的腳步還沒踏進體育館，就有不少人從他們身旁跑過，走進後，裡頭已經聚了好一些人了。

陳正忠與林政國兩人在球場的左半邊鬥牛，激烈地連右半邊正在打球的同學也都停下來看向他們兩人；林政國帶球穿越陳正忠，往上一躍，上籃，碰，唰，進球的清脆聲，觀眾台上有人歡呼。

王子健與白先光走到球場邊，王子健往後看，觀眾台上坐了不少圍觀的同學，其中也有幾個不知是林政國還是陳正忠的仰慕者，人群中偶爾發出加油或是歡呼的吵雜聲；方才一瞥的瞬間似乎見到王仕凱，王子健看著眼前的陳正忠與林政國，他忍住，他沒有再轉頭確認。

林政國假裝往內線跑又突然停下朝三分線後退，運球的節奏慢了下來，好像正找著陳正忠的破綻，陳正忠趨前跟上卻不敢貼得太近，他試圖與林政國保持距離以便做出最好的反應去阻擋林政國的攻勢，然而林政國卻突然在三分線邊緣原地躍起，球飛出，他的手扣下，球在半空中拉出一條完美的曲線，唰，又進球了。

陳正忠接起從籃框裡落下的球，用力地朝地板上一丟，球彈得老高。他一邊解開制服上衣的鈕扣，一邊往王子健與白先光的方向跑去。

王子健看著陳正忠往他走來，故意嘲笑陳正忠，「有人要輸囉……」白先光也接話，「阿忠真的要不講話一個禮拜唷。這樣不只他會悶死，我們也會悶死耶！」王子健笑著，白先光也笑著，陳正忠卻是一臉臭臉，他將脱掉的制服上衣揉成團朝他們兩個丟去，「幫我拿一下。三戰兩勝，我等一下要連贏兩場！」陳正忠丟出衣服後便立即返回球場，觀眾席上接續有人歡呼：「脱了！脱了！」

歡呼聲或許是個回頭的好藉口，但到底是王子健忍不住了，他回頭，很快地便在人群中瞥見王仕凱，他假意看向人群的其他方向，但所有的餘光都留在王仕凱的位置旁；王仕凱與班上幾名同學在體育館的觀眾席上，不知在玩什麼遊戲，有說有笑的樣子。

24

王仕凱一放學就立刻收拾書包離去。

王子健看在眼裡卻沒説什麼，王仕凱離開教室前也沒向王子健道再見，再者，王仕凱走得急，他的眼神也未有機會與王子健交會；王子健一個人坐在教室，有氣無力地完成班導規定的進度，王仕凱沒有留校，王子健好奇卻又有些生氣自己為何好奇，他一直期待班導會解釋，但班導卻好似王仕凱本來便不會留校一樣，詳細地解釋著試卷的答案，卻完全沒有提及王子健好奇的答案，王子健幾次試著開口問，嘴裡卻吐出熟悉的數學公式與運算步驟。

王子健第一次覺得教室裡只有他一個人，空蕩蕩的；他折彎食指與中指，握拳抵住太陽穴，搓呀揉的、磨呀蹭的，閉上眼，好像舒服了點。

王子健看著王仕凱的座位，發呆。

25

四人組看完電影從中山堂走出，白先光正想發表對電影的看法時，「我說這部電影這樣演真的很怪，那女主角……」陳正忠立即打斷白先光，他急著走，他一邊講一邊朝反方向走離，「我要先走了唷，明天家裡還要忙，我是偷跑出來的，不能等早上再回去……那個……我們下個禮拜見面再講……」陳正忠四處看了看，找不到方向，「耶，王子，我忘了剛剛停車的地方怎麼走了？你帶我去牽車啦！」

王子健領著陳正忠，才走到一半，陳正忠便點起菸，他把菸遞給王子健，王子健還是揮了揮手，他堅持不抽。林政國與白先光朝另一個方向走，他們倆要先走回白先光家，林政國轉頭看了一眼王子健與陳正忠。

陳正忠還是用同一套說詞講著王子健，「你這樣不夠男人，抽一根會死哦！」王子健順著他的話，「可能會哦，我會臭死！」陳正忠懶得與王子健爭辯，「算了算了，我可以多抽一根……對了，你怎麼這麼熟附近的路？我都記不起來。」王子健有些心虛，「沒有啦，我……記性好……我看，你還是少抽一點吧……」王子健不知怎麼回應為何自己這陣子常常繞到附近，他趕緊轉移話題。

陳正忠反而更用力地吸了一口菸，並對王子健身旁吐出一道長長的白煙，「你不懂啦，這是呼吸，我只有現在能呼吸，喘口氣，回家也不行，學校也不行。你也行行好，大家都管我管那麼多，你就別管我抽菸了，要幫我的話，幫我探聽看看陳素芬有沒有喜歡的人？」王子健早就知道陳正忠喜歡陳素芬，但他沒想到陳正忠有跟她交往的打算，「啊？陳素芬？你不是說你要趕快畢業賺錢，你現在想談戀愛？」陳正忠講得理所當然，「我沒有要談啊，我這是十年計畫，慢慢追，等大學畢業就可以家庭事業都兼顧啊！」王子健也沒想到陳正忠是個有如此長遠「計畫」的人，他疑惑地看著陳正忠，「你……會不會想太遠了……上了大學以後，說不定你會碰到別的人！」「我就說你不懂，你不知道我有多想趕快結婚賺錢，有自己的家！」陳正忠正好抽完一根菸，將菸頭丟到地上，他把剩下的菸整包塞給王子健，「幫我保管一下，下禮拜我再找你拿，不能被我爺爺抓到！」陳正忠拍打身上的衣服，拉起衣角聞了又聞，「應該沒什麼味道了吧！」

陳正忠騎著摩托車，往王子健指示的方向逐漸騎遠；王子健站在原地，目視陳正忠離開，他看著陳正忠消失在轉角，他抬頭往上看，即使有光害，天空仍然滿天星星。

26

王子健趴在白先光房間外的陽台邊，拿著望遠鏡四處看。林政國走到王子健旁，「王子，你在看什麼，好像很入迷的樣子！」王子健假裝沒事，但他其實一直留意林政國與白先光是否注意他，「沒有啦，我隨便看看而已，這邊晚上的樣子跟白天差好多哦！」白先光端著一大盤水果與蛋糕走上來，「快來吃，今天這個蛋糕是新口味！」

三個人在陽台的小桌子旁，邊吃邊聊。林政國首先發難，「這個蛋糕真的好好吃，阿忠沒吃到，他虧大了！」白先光笑著，「是啊，他那麼愛吃！」王子健只是點點頭，沒有接他們兩個人的話。白先光又接著問，「耶，王子，你最近是不是有什麼事啊，看你最近話很少，心事重重的樣子！還是……你有喜歡的人啊？」王子健被這麼一問，有些驚訝，他一直以為自己隱藏得很好，他不但想遮掩自己的行為，也想逃開眼前的話題，他答得心虛，「沒有啦，哪有心事重重，我……想事情而已……」他又立刻補上，「我是在想功課的事……」白先光覺得疑惑，「想什麼功課，你少來了。我前幾天八點多打電話進去都打不通，已經好幾次都這樣，而且昨天約你下午打球也說有事不知道跑去哪？」王子健趕緊搬出家裡的事來搪塞，「真的沒有啦，最近我媽比較常打來……昨天……昨天我去找我親戚啦，真的有事啦。你不要再亂猜了！」

白先光看王子健拚命閃躲，明顯不想多說，也就沒多問了。他反問林政國，「耶，阿國，你這麼常跟阿忠抽菸，他有沒有叫你幫他探聽陳素芬有沒有喜歡的人啊？」王子健立即接話，「他也叫你幫他探聽哦？」白先光點點頭，而林政國則是搖搖頭，「沒有，不過他喜歡陳素芬的話，據我所知，應該是沒希望吧！」白先光好奇地問，「你怎麼知道？」林政國開玩笑地說，「我隨便講的，你們也信哦？」白先光一臉無奈，他繼續塞了幾口蛋糕進嘴裡，「對了，我有買新遊戲，等一下要不要去玩一下？」林政國立即起身，「好啊！王子，要不要一起？」王子健有些興致缺缺，「你們先玩好了，我想先去洗澡。」

林政國與白先光離開陽台，走去電動房。

王子健一個人在陽台，看著手上的望遠鏡，他想再拿起望遠鏡看，卻也知道他什麼也看不到，什麼也沒有，大部分的眷村居民都已入睡，一片暗，唯一幾盞亮著的路燈都無法提供方向，他找不到王仕凱家。他看向天空，他以手掌抵住太陽穴的位置，輕輕地壓了壓。

白先光回頭對王子健喊，「王子，你洗完來跟我接力哦！」王子健趕緊將放到太陽穴旁的手移到頭髮旁，撥了撥，「好——」他立即回答，但他的聲音像是沒有靈魂的機械。

27

躺在床上的三人，缺了陳正忠，四人組還是依序排成一排聊天，王子健、白先光、林政國。

白先光拾回稍早的話題，「你們都不知道陳素芬有沒有喜歡的人哦？」林政國與王子健都沒有回答，三個人靜默了數秒，少了陳正忠，三個人之間多了分尷尬。

白先光接著又問，「那你們知道安真妮有嗎？我看她跟陳素芬很常去找王仕凱。」王子健答得莫名其妙，口氣裡有生悶氣的感覺，「我都不知道，不要問我！」白先光覺得奇怪，「王子，你是吃火藥哦……對了，我那天看你在筆記本上畫一個奇怪的圖是什麼啊？有一邊看起來像是數字的4，可是又很像英文的K還是什麼注音符號……」王子健急忙辯解，「沒有啦，你知道我很愛在書上亂畫的……」白先光與林政國沒再接話，彷彿連接三人的細繩消失了，又或許真的是因為少了陳正忠的緣故，也或許是因為，三個人都有各自的心事。

王子健想起方才白先光講著八點多打電話給王子健都打不通的事。靜默裡王子健補了一句「早點睡吧……」沒有幾秒的時間，白先光已經開始打呼。突然，窗外有貓尖叫了一聲，接著是幾隻狗瘋狂地吠。

林政國坐起，看了看其他兩個人，白先光真的睡著了，他不但正在打呼，臉上還有種滿足的表情，穩妥地安置自身。王子健斜眼看了看坐起的林政國，又將眼神移回天花板。林政國躺下後，沒有原因地深深地嘆了一口氣。不久，白先光的嘴裡像在咀嚼食物般發出聲音，接著忽然講出，「阿忠不在你們都好安靜哦！」那是夢話，卻是比現實更貼近現實的真話；林政國與王子健都笑了出來。

28

王子健勾著考題，又看了看時鐘，七點五分。

王子健在電話旁的空白紙上胡亂寫著一些對話內容，或是亂塗亂畫，寫下「王仕凱王仕凱王仕凱、4與K的重疊及組合、七點五十五分，八點五分、背死、死背、選擇、填充、應用、證明、作圖、忠孝樓、信義樓、仁愛樓、和平樓、安真妮、陳素芬、好朋友」等字眼……他一邊筆記一邊轉筆。

安真妮認真地講著，「第37頁第五題、第八到第十題……」王子健一邊勾著題目，一邊複述安真妮的話，「第五題、第八到第十題……」安真妮的口吻像老師一樣，「差不多就這樣。看你最近都沒找王仕凱麻煩，再給你一個獎勵，如果你想考高一點的話，就把這課的課文背起來！」王子健誇張地回應，「背起來？誰背得起來啊，我記憶力最差了！」安真妮的口氣語帶威脅卻又是好心相勸，「如果我是老師，我一定會考這課的填充，一格兩分吧，至少二十分，我覺得背起來比較好！不然你自己注意那些介系詞、慣用語後面接的詞性……對了，還有那幾個長得很像的單字……」王子健勉強地答應，「這樣啊，好吧，我盡量。」

王子健一遍又一遍地重複描畫著他抄下的與勾選的題目筆跡，時不時地轉筆，筆甩到一旁，掉了又撿起，他一次又一次地抬頭看了看時鐘，七點三十五分。安真妮沒再講話，王子健的期待早飄向他處；兩人聽見對方的話筒裡的空白，是周遭的環境胡亂組合起的不真實聲音。

「嗯……對了，有人託我轉交一封信給你，明天打掃時間你到仁愛樓後面，我拿給你。」安真妮的口氣變了，她將話說完了但口氣卻帶著遲疑。

「信？什麼信？誰呀？」王子健止不住好奇地問。

「我不知道……」安真妮想撇清關係，卻又不想說謊。

「不知道？那妳是幫鬼轉交哦？」王子健更覺得奇怪了，「妳不講我是不會收的！」

「好啦，是……陳素芬啦！」安真妮勉強說出。

「陳素芬……」雖然王子健聽到名字後覺得有點虛榮，但他的困擾卻隨之而來，他一點也不想收到「情書」，而且還是陳素芬的情書，他想到陳正忠的表情。

「對啊，明天中午吃完飯拿給你。」安真妮彷彿想趕快將燙手山芋遞出。

「那妳現在拆開，念給我聽就好了，不然萬一明天被同學看到，不是很怪嘛！」王子健刻意調皮地講，卻在心裡鬆了口氣，他一點也不想接過這封情書，萬一讓陳正忠知道了，就更不好了。

「可是……可是這是她要寫給你的，我……我覺得……這樣不太好吧！」安真妮心裡有些鬆動，一方面她也想知道陳素芬寫了什麼，另一方面她與王子健有同樣的想法，萬一讓別的同學看到她拿「情書」給王子健，這誤會可不是跳到哪個河洗得清的了。

「她可是妳的好朋友，陳，素，芬，耶，妳不想看嗎？真的不想嗎？是陳素芬哦，陳素芬哦……」王子健不那麼肯定安真妮是否對信的內容感到好奇，但他想省去麻煩，他語帶挑釁地問。

「嗯……你很幼稚耶……」安真妮遲疑著，左右為難，不知怎麼回答比較好。

「妳不現在念給我聽的話，我也不會收的，我才不想讓其他同學誤會……好啦好啦……念啦念啦。反正……只有我們兩個知道。念完就當交給我了，不是很方便嗎？好啦……」王子健察覺安真妮不像以往那麼果斷，想必她心動了，王子健像是團麻糬般更加賴皮地要求，一遍又一遍。

「好啦，你絕對不可以跟陳素芬說哦！」安真妮最後還是受不了王子健黏膩的重複，他就像是小時候她弟弟刻意拖著她陪他去做一件壞事一樣。

「遵命，班長！」王子健故作嚴肅地回答。

安真妮念著信的內容，愈是循字念著，她的聲音就變得愈不確定，她甚至不知如何將她看見的文字，以她的認知以她的理解，一個字一組詞的念下去，字裡行間有太多的疑惑與情感的滿溢……安真妮念完信，王子健沒有任何回應，安真妮的內心一時變得非常吵雜，思緒十分混亂，她知道只有她自己才能收起聲音；然而，兩人之間是沉默的，兩人的沉默不是不理會對方的無語沉默，兩人的沉默是兩人都想努力填充這沉默的瞬間，可卻怎麼也找不到合適的詞語或聲響，只能任由沉默持續，語不出而非無語；王子健手上的筆也停止轉動，他不知要繼續寫下什麼，他不由自主地任由筆在同一個位置不斷畫了圈又在中間填上叉。

王子健拿著筆的尾端，抵住太陽穴，輕輕地戳啊戳。

安真妮打破沉默。

「說不定……這就是戀愛的感覺？」

王子健有點不高興，卻又不知該如何回應，像是自我防禦般，他回覆了最差勁的語氣，「最好妳懂什麼是戀愛的感覺……」但他隨即意會到自己口氣太過分了，而最令他難受的是，他竟然有點懂得陳素芬喜歡他的心情，他不由自主地想起王仕凱，他又抬頭看了看時鐘，七點五十分了。

「嗯……對不起啦，口氣有點不好，可能……我們都不懂吧！」

「對了，那妳覺得上次跟我出去『約會一次』的感覺是什麼呢？」王子健想轉移話題，他想起那次他與安真妮的「約會」。

「我已經說了，那不是約會，而且就跟陳素芬她們出去差不多，只是換成男的而已……」安真妮急著辯解。

王子健鬆了一口氣，他吐了一口長長的氣，安真妮聽起來像是嘆氣，她以為王子健是失望的嘆息。

「很失望嗎？」安真妮安慰地問。

「我是怕有人會很失望！」因為鬆了一口氣，王子健的語氣又變回刻意的調皮。

「王，子，健，你到底在說什麼……」安真妮覺得王子健玩笑開得有些過分。

「好啦，不鬧妳了，跟妳說，我媽等一下要打給我，我先不跟妳聊了哦，掰——」王子健笑個不停，他抬頭看見時鐘已經七點五十八分了，他有些焦急，卻很自然地撒了謊。

29

陳正忠趕回家時，陳正忠爺爺已經準備好塑膠水管及麻繩了。

陳正忠家境並不富裕，或許還有些清苦，務農的爺爺是個保守的人，「好不容易考上第二志願，你整天不讀書，整天往外跑……」陳正忠的雙手雙腳都給綁著，陳正忠爺爺拿著水管抽打陳正忠的大腿、小腿，一條一條的紅通通的痕從陳正忠的身上與腿上隱隱顯現。

「我看你這樣要跑去哪！你以為你是誰？有本事學別人玩到這麼晚？」陳正忠爺爺氣壞了，不斷鞭打陳正忠，他雖然有了年紀可身體還是硬朗，他用力甩下水管的勁也是毫不留情地砸在陳正忠身上。陳正忠奶奶試著抓住陳正忠爺爺手上的水管，「他以後不敢了，不要再打了——」陳正忠爺爺沒有停下動作，反而將陳正忠奶奶推到一旁，「他有說他以後不敢了嗎？他有說嗎？」陳正忠奶奶對著陳正忠說，「快說你以後不敢了，快說！」

陳正忠氣他爺爺，他覺得他沒有錯，他不肯說。

陳正忠爺爺突然抓了陳正忠的手，聞了聞他的手指，他更生氣了，他發現陳正忠的腿都已全是痕跡，沒地方打了，他氣得用腳踹陳正忠的手臂，但反作用力害他差點跌倒。

「你哪來的錢買菸，是不是把便當錢拿去買菸，死囝仔，你是要學你那個不成材的老爸是不是，你現在就給我出去，不要回來！」激動了好一陣子，陳正忠爺爺打累了，他坐到一旁，喘著氣。

講到陳正忠的父親時，陳正忠反倒示弱了，「我沒有，我沒有……」陳正忠爺爺氣得又罵，「你沒有，那你哪來的菸，那就偷的還是跟人家要的，交壞朋友是不是？」陳正忠奶奶靠到陳正忠旁，護著他，「好了啦，小孩子本來就愛玩，有學到教訓就好了，不要再打了。」陳正忠爺爺氣不過，「妳閃一邊，男人在管妳在插什麼嘴。等一下連妳也一起打，陳正忠，你給我爬起來，跪好，你今天不用睡覺了，給我跪到明天！」

陳正忠跪著，身體不停發抖，眼淚與汗液都已經乾了，他看著自己身上一條又一條的痕，他咬緊牙覺得不甘心。

第五章　積分保護曲線以下的區域

30

依賴是一種思緒的糖衣毒藥。當一個人心裡放了自己以外的另一個人時，本是甜蜜的幸福，但幸福卻又是不穩定的，幸福在快樂的表面底下總是潛藏著可能失去的不安，這股不安有時來自另一個人終究是「另一個人」，而有時卻是來自於自身對另一個人的無盡想像，好的不好的、有的沒有的，未經證實的誤解或是經過證實的誤視，從一點水滴擴散成一大片漬跡，怎麼也乾不去，就算乾了也充滿皺褶。

那天，王子健眼睛盯著牆上的時鐘，耳朵則鎖住房外的電話聲，秒針走過十二，一秒一格地走，時間一點一滴地累積，因為等待，內心的不安比重力加速度還快似的，無效地加乘，一秒變成了一分鐘，一分鐘變成了一小時……

然而，電話沉默，沒有響起；別人家發出的窸窸窣窣、牆上時針秒針滴答走動、樓下的狗吠貓叫或是身旁的電扇轉動，每一種聲音王子健都聽得異常清楚。他感到失落，他的心緒變得混亂，他想著王仕凱在做什麼呢？讀書、看電視，與別人出去，或是其實王仕凱本來打算打電話給他的，卻被他家裡的誰給耽誤了嗎？或是有誰打電話給他呢？有時，王子健朝壞處想去，王仕凱會不會發生了什麼事？

書上的文字浮動，文字被標記重點的螢光筆塗抹，他翻著筆記，想著或許可以自己主動告訴他明日考試的重點，但王子健走到了電話旁，卻卻步了；他想著，這一小時，原本是兩人「約定」討論功課的時間，王仕凱怎麼可以不遵守約定呢！他因為「等待」，時間便無限延展開，看不到底了，王子健眼睛循著書本的文字爬過，心裡也默念一遍，試著以現實的聲音蓋過不安的情緒，但他完全無法將書本的文字讀進心裡，他又重複一遍，而眼前的文字像他從未讀過一樣陌生，他讀了一遍，又一遍，到了第五遍他便放棄了，每個字他都認識，每一個符號他也能辨識，但他卻找不到相對應的連結；不，是王仕凱擋住了王子健的視線，但王仕凱始終沒有轉過頭來，揭曉答案。

等到九點一過，他才鬆了一口氣，放棄等待。

他再次走出房門，站在電話旁的書櫃翻著幾本書，王子健還是有所期待的，但他也知道過了九點後，王仕凱是不可能會打來的，他也不應該再有所期待；王子健突然意識到自己的傻，他想起王仕凱曾經解釋過的一小時約定，現在想起來卻像是似是而非的原則。

那天，王子健在牆上的月曆畫了個句點，他往前翻了一頁，看著七月中之後，他與王仕凱陸續通話了兩個星期左右，卻在八月突然停了下來，今天第三天了，他的失落早已有所預期，卻還是免不了期待……王子健折彎食指與中指，弄出兩個尖錐似的角，抵住太陽穴，用力按壓；他看著月曆發呆。

王子健想起白天時，看見王仕凱一臉無辜地與女同學有說有笑時，有些吃味有些生氣他；王子健想，或許他正在教哪個女同學數學呢！王子健懷著複雜的心緒，卻難以理解自己為何會如此。窗外不知誰的家裡傳來一首日文歌，他一點也聽不懂，但那女聲唱出的每一字每一句，彷彿有緊張、有期盼、有興奮、有擔心，她唱出的聲音讓他覺得特別難受，其實生活一如往常，什麼事也沒發生，可他卻覺得格外地無力；他是在很久以後才知道那首歌是小事樂團的〈fragile〉。

王子健沒等到電話，那天夜晚變得特別漫長。

31

白天時，王子健掐著時機，好幾次，他想起身走向王仕凱，想問個清楚，可是好幾次，他只是站起，卻沒有行動，他也不可能行動，他自己很清楚，他甚至想起是他自己主動要求兩人保持「原來的樣子」。他們倆在班上分屬不同的群體，只有表面上的互動，在各自的群體裡，他們不是朋友，甚至有時候，王子健還得附和四人組中其他人對王仕凱的訕笑。

在教室裡，王子健假裝若無其事。王仕凱的座位在王子健前方稍遠靠近講台處，大部分的時候王仕凱都背對王子健，王子健可以光明正大地朝講台的方向看，老師在黑板上寫字，王子健不由自主地盯著王仕凱的背；他好似無意地看向前方，可是他的眼神卻緊盯著王仕凱，就像是朝湖水丟石頭一樣，只是王子健丟出的每一顆石頭，都沒有漣漪，都是直接沉入湖底。

而當王仕凱在王子健附近時，他的眼角餘光也總離不開王仕凱的方向，他變得多慮也膽小，他不敢直接盯著王仕凱瞧，他擔心有人發現。

下課鐘響的聲音還沒結束，陳素芬便拿著點餐單，走到安真妮的座位旁，那時王仕凱也在安真妮的座位前有說有笑，兩人不知討論著什麼，安真妮接過點餐單側身靠向王仕凱，他們三人看著點餐單上的項目而有各種表情，好像紙上的每一道餐點都可以表述他們不同的情緒。

那不過是中午的餐點，卻因為陳素芬的笑聲變得美味。

陳素芬不但與安真妮、王仕凱討論餐點，她還忙碌地在座位間穿梭，替好幾名同學訂餐，可是就獨獨漏了王子健他們幾個人。陳素芬確實引起眾人的注意，而王子健卻只低著頭，假裝看書，他沒聽見陳正忠叫他。

王子健的耳朵、王子健的眼睛，甚至是王子健的皮膚，都朝王仕凱的方向貼住似，然而距離無論遠近，它就是層膜，王子健好像聽見了什麼卻又聽不清楚到底是什麼。

他沒發現自己一直留意著王仕凱，偶爾他抬頭隨意看向王仕凱的方向，正巧看見安真妮朝他瞥了一眼，王子健的眼神與安真妮交會不到一秒，便躲開；王子健有些緊張，假裝若無其事地默念著書上的公式，三角形ABC的面積等於二分之一**BCsinA**，等於二分之一**CAsinB**，等於**ABsinC**，然而王子健心裡在乎王仕凱的程度，不是面積的公式足以計算，他默念一次又一次所發出的現實聲響，只是更加證實現實的聲音只能無效地遮掩他內心的想望。

陳正忠喚了好幾聲王子健，但王子健太專心了，他沒聽見陳正忠喊他；原本低聲叫著，最後成了大喊，「王子，耶，王子，王子，耶，王子——王子健！」王子健才回過神。

陳正忠的聲音也吸引了班上同學的注意，同學紛紛轉向陳正忠與王子健兩人的方向，或許他也是故意的，陳素芬停下動作，一臉好奇地看著陳正忠，陳正忠因為陳素芬的眼神，刻意挺直身體，舉止也收斂，臉上的表情顯得有些僵硬；王子健轉頭瞪了一眼陳正忠，便將頭低得更低，王子健皺著眉頭，像是被發現做了壞事般困窘，滿臉通紅……

32

天台上，陽光都讓雲遮住了。

王子健手上的便當還剩一大半，他不是不餓，就是沒有胃口；他放下手上的便當，看著即將下雨的天空，王子健的思緒還糾結在王仕凱身上，他想著王仕凱的臉，怎麼就開始覺得他有些討人厭了，還有安真妮、陳素芬的舉措，三個人的笑臉再乘上三個人的互動，簡直火上加油，如果是其他的同學，王子健根本不會將他們看在眼裡。

白先光拿出一張紙，說是要給安真妮的，想問問王子健的意見。「不是跟你們說了，安真妮說她大學以後才要交男朋友！你們現在怎麼努力都沒有用啊！」

白先光因為王子健的態度有些強硬與不耐煩而變得退縮，他只好將紙收回，放在腳邊以飲料壓著；繼續吃著午餐，他看向陳正忠與林政國的方向，轉移話題，「你看他們兩個，有時候好像還滿要好的嘛！」

王子健還是想幫忙白先光，他只是一時控制不了脾氣，「你要寫情書給別人，好歹也去買幾張像樣的信紙，好啦，拿來，我幫你看一下，不過先說好，不要叫我拿給她哦！」白先光想握住王子健的手表示感謝，「好的，謝謝王子，你幫我看看哪裡要修哪邊要改的，我會再去買信紙重新寫！」王子健立即將手縮回，「拜託，不要這樣。」

王子健一邊看著白先光寫的「情書」，眼角餘光卻離不開陳正忠與林政國兩人的互動，他們倆在不遠處抽菸，勾肩搭背、有說有笑，不知聊著什麼。

33

雲很快便散去，或是雨其實降下了，但在高空中離地面還很遠的地方便全蒸散了，水氣不夠或蒸發速度太快，王子健抬頭看向蔚藍的天空，天空對他而言沒有浪漫的空間，他一直認為自己是個現實的人，自己的想法也挺實際的。他瞄了一眼冒出的烈日，沒多久汗便流進眼窩旁。

王子健的內心矛盾，這股矛盾他自己卻是看不清的。

王子健的腳步有些遲緩了，鼻吸嘴吐的固定呼吸也亂了，但他抬頭時，還是見到了前方的王仕凱有氣無力地大口喘氣，一見到王仕凱虛弱的模樣，他怎麼就精神來了；王仕凱的身體有些不協調，呼吸又急又短，力量也沒集中在腿與腳，如果有人故意絆他一腳他肯定跌跤。王子健眼看王仕凱的腳快跟不上他的身體，王子健忍不住心疼他，卻也忍不住可憐他，有些病態了他心想，他只好說服自己，那是哥哥照顧弟弟的友愛，但他哪裡懂得兄弟的友愛，他畢竟只有一個妹妹，而妹妹與弟弟是完全不同的生物。

王子健看了看四周，像是做壞事前的心虛動作，他刻意慢慢跑近王仕凱，然而遲滯的腳步暗示著內心另一股矛盾的力量。

當他想到王仕凱沒依約定打電話給他，也沒有給他一個好解釋，甚至與其他同學有說有笑卻完全沒把他放在眼裡時，他有了一點恨，但這恨是虛無的，並不實際，嫉妒的成分多了些，而那虛無的恨更多是愛的衍生，他還不懂，他還分不清楚，他是嫉妒同學簇擁王仕凱，這麼明顯的謎底就真的是謎底嗎？或是因為王仕凱什麼也沒講，只是一個勁的傻笑，王仕凱的笑更像是個謎語，遮住了謎底，謎底是王仕凱沒把王子健放在心裡嗎？想了一輪又一輪後，王子健甚至不想知道真正的答案了。

當王子健愈靠近王仕凱時，就表示他已經即將追過王仕凱一圈了。王仕凱氣喘吁吁，累得無法轉過頭看看到底誰跑向他，王子健的腳步愈往前便顯得愈遲滯，外人看起來像是王子健刻意放慢腳步……這股矛盾的力量王子健始終無法處理，他決定放棄了，王子健突然加快腳步超越王仕凱。

兩人交會時，王子健的眼角餘光好似看見王仕凱痛苦的表情。王子健的腳步變得更快，像是刻意要拉開距離，他的心思一時清空，卻竄入那則小時候有趣的數學速度題目，當兩個人以不同速度同一方向繞圈時，要到第幾圈兩人才會再次相遇……然而，王子健不懂自己的速度，更不懂王仕凱的速度，王子健用盡全部的力氣朝終點衝去，他的胳膊前後大幅擺動，有一點像是決定了什麼的意味，過了終點後，王子健沒有停下來，但速度是漸緩的，他往最近的洗手台繼續跑去。

水嘩啦嘩啦地不停沖下，他將頭埋在水龍頭下，有時水跑進鼻子，嗆水了，有點難呼吸，身體的強烈刺激遮掩了他內心混亂的思緒，頭髮溼了，眼睛耳朵也進水了，他像是在水底還用力呼吸，陷於困境的求生本能。

陳正忠、林政國、白先光陸續抵達終點，朝坐在樹下的王子健走來，王子健的頭髮還是溼的，耳垂有滴水，銜著似。

陳正忠用力拍了王子健的肩，「幹，王子，你跑那麼快幹麼，頭髮都溼了，你是去游泳哦，我看，眼睛怎麼也紅紅的，剛哭過嗎？」陳正忠脫掉短袖運動上衣，換上另一件背心，用力地擰乾衣服。

「哭你個頭啦，我過敏，水弄到眼睛啦！」王子健心煩地回應陳正忠。林政國灌著水，累得癱在一旁休息，他身體往後靠在樹幹上，頭往上仰看著天空，眼神瞄著正在換衣服的陳正忠。

白先光邊喝水、不停擦汗，也是累得講不出話來，他低著頭，不時搥打自己的大腿，偶爾抬起頭四處看，他在同學中尋找著安真妮。陳正忠指著操場的方向，

「耶王子，你們看，那個王仕凱，跑得比女生還慢，真的很遜腳，你看我們家小胖都跑完了。」

白先光想對陳正忠說些什麼，但他就揮揮手，喘著氣，連講話的力氣也沒有。王子健不想附和陳正忠，眼神持續看著王仕凱在跑道上痛苦掙扎與幾名好似輕鬆慢跑的同學。

林政國已經恢復了元氣，「你很無聊，有的人就是跑步不在行。就像有的人就是打籃球不在行啊！」陳正忠一時沒有意會過來，他左右胳臂張開，各自搭著王子健與白先光的肩，他的兩個好隊友，「還好還好，我們三個合作無間。」王子健移開陳正忠的手，「都是汗，不要搭我啦！」白先光沒有推開陳正忠，陳正忠刻意用力抱了一下白先光，白先光反而對陳正忠說，「阿國說的，好像不是你想的那樣。」

陳正忠不解地回說，「不然是什麼，他不是在說王仕凱哦！」他想了想林政國方才的那句話，他才意會到原來林政國是嘲笑他，他生氣地走近林政國，「聽你在吧噗，你籃球有我厲害嗎？」「我籃球沒你厲害？你是不是誤會了什麼！」林政國有些憤憤不平卻因為陳正忠靠近他，刻意在鼻間揮了揮手。白先光急著阻止兩人吵嘴，「你們兩個中午不是還好好的，怎麼才沒講兩句又吵起來？」陳正忠不服輸，先一步拉開他與林政國的距離，又聞了聞身上的背心，「揮個屁呀，我已經有換衣服了……誰跟他好好的，他意見超──多的！」林政國當然也不認輸，「你對王仕凱意見才多，他是有惹到你哦，幹麼一直注意他，還是你對他有意思！」「幹，有意思個頭，那你是不是也對我有意思呀，你對我意見也很多耶……不爽的話來鬥牛啦，前幾天是我狀況不好！」陳正忠一點也不想認輸，還在意前幾天的輸球。「那要賭什麼？」「賭賭賭，賭你個頭，你就覺得一定會贏我……」

王子健打斷他們，「好了啦，你們兩個別吵了，三三啦，要鬥牛你們放學再慢慢鬥。」

然而，今天他們三個人卻沒有贏球，王子健一直投不進球，而白先光因為跑步太累了，動作經常慢一拍，陳正忠自己也表現得比平常差，只不過三人中，只有他有投進球，因此他忍不住開始說嘴其他兩人，「王子，你是沒吃飽哦！」陳正忠語帶抱怨，林政國的隊伍又將要再贏一場了。王子健用力把球傳給陳正忠，「籃下是小白沒守好，幹麼怪我？」陳正忠運了球，將球丟給林政國洗球，「你讓他過人的，小胖怎麼可能還要去補你的位？」林政國又將球傳回給陳正忠洗球。「他不補位，站在那裡當門神哦！」王子健不滿地抱怨。而陳正忠聽到王子健講話後，便抱著球停下動作，看了一眼王子健，「你就不要讓他過去啊，你不會貼人呀。」

王子健揮揮手向陳正忠要球，陳正忠不明所以地將球傳給王子健，王子健用力地將球丟向籃球板，「碰」的一聲，「幹，不想打了啦！」同學們都停下動作，看著王子健離開球場，白先光一臉疑惑地問陳正忠與林政國，「王子今天是吃了什麼火藥，還罵髒話耶！」

氣氛凝結了，不只是球場上的氣氛，連帶著班上同學也都見到了；王子健的內心變得孤立，原本四人組的行動讓他維持著與外在的聯繫，然而這樣的聯繫有時不見得是他情願的，他一步一步走離球場……

他非常生氣，可是他心裡卻想著，王仕凱是否看向他。

34

放學後，教室的同學都走光了，只剩白先光與王子健在教室裡，白先光走近想關心王子健，可王子健搖搖頭一句話也不說，他拿了本書悶頭讀，白先光自討沒趣地向王子健道再見，王子健趴下，沒有回應。

王子健一個人坐在教室，不久，班導走進教室，王子健依慣例走到講台前拿測驗卷，那本原本厚重一疊依進度排序的總複習測驗卷，如今只剩下沒幾張了；班導沿線撕下，遞給王子健，「總複習進度也差不多了。如果還有時間，我會去找一些別的學校的模擬考題讓你做。」王子健冷淡地點點頭便走回座位，他看了班導一眼，班導已經開始批改其他同學的作業了，但他真正看向的是王仕凱的座位，空的。本來就是空的，又有什麼好期待的呢？他心想。

寫完測驗卷後，他只是稍做檢查，便無力地側趴在桌上，看著教室外的籃球場，有幾個人在打籃球。班導起身，收走王子健的考卷後便離開教室，「你好好保持呀，不要辜負你媽的期待，還有我的時間。早點回家吧！」「好，謝謝老師，再見！」「再見！」

王子健沒有離開教室，他趴在桌上，望著王仕凱的座位，這不是思念，他的內心甚至沒有浮現王仕凱的任何模樣，他只是不明所以地覺得無力，也許看向王仕凱座位的方向只是他的習慣，然而，他不知道，他已經戀愛了；他感受到對方的所有細節，卻感覺不到自己，他只是煩悶，他找不到方向。

他以手掌拍了拍太陽穴，抵住，用力壓了幾秒，好像輕鬆了許多，他睜眼又閉眼，閉眼又睜眼，一股疲累襲來，他覺得無力，幾乎快睡去。

王仕凱突然出現在走廊上，對著教室內的王子健看，王子健一時沒有回過神，好像只是一個人影晃過似。

回過神後，王子健突然跳起身，驚訝的表情，王子健看見王仕凱後什麼話也講不出來，只是一個勁地對他傻笑，而王子健也看見王仕凱對著他笑，王仕凱的笑讓王子健的心重新打開了，那一瞬間，不過就是一瞬間，他便把過去幾天的苦悶全都忘光光；是王仕凱的問話將王子健拉回現實。

「你寫完考卷了嗎？怎麼還沒回家？」王仕凱問。

「考卷……哦，考卷我都寫完了，等一下，我等一下就準備要回家了，啊……對了，你怎麼會跑回學校的？」王子健一五一十地答著。

「其實，我是回來找你的。我後來不是都沒有留校，因為我奶奶前陣子生病了，所以我每天下課都要趕去醫院照顧她，不過她昨天出院了……我忘了，我剛坐上往醫院的公車，過了幾站才想起來，所以我又坐回來學校，公車等好久哦……想看看你還在不在……」王仕凱語帶歉疚地說著。王子健沒講話，他只是看著王仕凱，點點頭。王仕凱又繼續說，「還有我晚上都不在家，都在醫院，我也不知道你有沒有打來，不過我也不能打給你。」王仕凱聳聳肩，一臉無奈的樣子。

王仕凱滿是歉意的模樣不只在道歉，他的眼神有些不安卻又是毫不掩飾的真誠，彷彿在央求著王子健的諒解，他的眼神毫無閃避地看著王子健，更像是一定要等到王子健願意原諒他，他才肯將眼神移走；然而，王子健根本無從辨識這複雜的互動或思緒，在王子健的眼裡，王仕凱可愛極了，因為，這就是謎底。

王仕凱丟給王子健的是極其無心的善意，那不算是愛，比較像是了解；他猜想王子健此時此刻或許還在學校，如果運氣好，他剛好有足夠的時間與空間單獨向王子健解釋，解釋自己缺席的來龍去脈，而他也知道王子健是個善良的人，王子健會原諒他的；王仕凱露出他慣常露出的笑臉，無辜無害甚至有些令人憐惜。

王仕凱的解釋不是理由也不是藉口，事實的告知讓王子健再也說不出話來。

王子健說不出話來了，但他臉上卻堆著笑，甚至有些窩心有點感動了。王子健臉上的笑連音樂都不算，連節拍也沒有，但王子健的笑，表露無遺的卻是賞心悅目的神情，那到底是戀愛的神韻，是由極其簡約的單音組成，每一下都格外地撩動心弦。

「我們一起去吃晚餐好不好？」

「好！」

王子健心裡的大石放下了，可在大石落水的瞬間，大石變得極小，咚一聲掉進水裡，漾起一波又一波漣漪；王子健笑太久了，滿臉通紅了，他心裡很是高興，幾乎無法言語，而心跳的聲音，毋須觸摸胸口便可清楚聽見。

35

某個星期天，王子健與王仕凱坐公車到中山大學，王子健擔心邀約不成，他還編了理由：「參觀大學」。這一下子兩人約會的層次好像提升了不少，王仕凱看著中山大學裡每棟建築時總是仰著頭，仰著頭帶著景仰也帶有羨慕，因為在王仕凱心裡，他認為自己應該考不上這裡，所以他想好好地看過一眼。至於王子健，他一邊看著大學的建築，一邊瞧著王仕凱，王子健不知道要做什麼，也沒想過要做什麼，他覺得幸福，此時此刻的王仕凱全然屬於他一個人。

兩人走到了西子灣旁，王仕凱的腳步慢了下來，望著無際的海，海水拍著短淺的防波堤，拍著打著，不知怎麼就把王仕凱方才興奮好奇的心情一下給拍落了，倒也不是變得憂鬱，但海水的聲音卻間斷地形塑著多慮的滄桑。王仕凱停下腳步後，王子健也跟著停下腳步，兩人保持距離卻又有了更近的距離。

王仕凱一直留意不遠處的一對情侶，男子的手如膠地在女子的背後游移，而女子的身體則似漆般在男子胸前磨蹭。

「你看他們。」王仕凱為了不讓旁人發現他的聲音，他靠向王子健，很近，幾乎貼著王子健的臉，悄悄話。

「誰？」王子健想轉頭尋找，王仕凱伸手摸了王子健的臉，阻止他。

「九點鐘方向。不要轉頭，用餘光。」王仕凱小聲地講。

兩人沒有轉頭，假裝若無其事地朝同一個方向瞄去。

情侶也是靠在西子灣的蓮海路旁，女的背對他們，男的面對他們，但男的手一直不聽使喚地在女生的背上，游移，兩人靠得很近，身體早就貼在一起了，而臉跟著頭搖擺著，也幾乎要湊上了。海在男子的身後拍打，夕陽還未落下，然而看在王仕凱與王子健兩個高中生的眼裡，似乎已是愛情的全部。

王子健的眼神從那對情侶移開了，他看著王仕凱的臉，兩人靠得非常近。王子健有些走神了，他聞到王仕凱的味道，他說不上來是什麼味道，是洗髮精的氣味？是沐浴乳的香味？是洗衣精的刺鼻味？是王仕凱的汗臭味？他分辨不出是什麼，但那味道卻是實實在在屬於王仕凱的某個存在，那是王仕凱的味道，像是記憶般烙了印，王子健在心裡記得了。

王仕凱突然轉回頭，不小心撞到王子健的臉，王子健差點就親到王仕凱的臉頰了；兩人各退了一步，有些尷尬。

「我去一下廁所，幫我拿一下。」王仕凱將飲料遞給王子健，王子健拿著王仕凱的飲料，看著他逐漸走遠，王子健看了看四周，沒人看向他，他迅速地吸了一口王仕凱的飲料，又再看了看四周，王仕凱的飲料與自己的飲料沒什麼不同，但他心裡卻生了幸福的感覺，幸福卻又心虛，左右為難卻又不願真的走向左或右；然而，他踮了踮腳，又看了看四周，答案似乎變得具體了。

附近的男子與女子交換位置，女子靠在路旁的石柱護欄上，雙手抱著男子的胸，兩人的身體看來是洶湧了，海潮拍打的只是浪花碎片，完全比不上他們，女子抬頭，男子低頭，兩人舌頭纏繞，盡情地吻著，彷彿好萊塢影片的示範畫面。

王子健對著走回來的王仕凱以眼神示意，王仕凱誇張地睜大眼閉氣走向王子健，兩人假裝交談，輪流交換位置想看清楚情侶是否有更多進展。似乎是發現了王子健與王仕凱頻頻交換位置偷瞄他們，情侶有些難為情便離開了。

王仕凱與王子健的心情不久也恢復平靜，兩人看著海。

王仕凱突發奇想地問，「那邊是哪裡呀？」「旗津呀！」「我沒去過耶，下次我們一起去好不好？」「好，啊！」王子健答得輕巧，心裡卻是無比高興，「我們一起」是什麼意思呢？王子健不懂得更多，他只知道字面上的意思就足夠了。

然而，或許是因為海潮的拍打，又或是附近一對對情侶的擾動，王仕凱的內心也有些感觸，「好好哦，你看他們都成雙成對的。」王子健好奇地問，「你想交女朋友呀？」王仕凱誠實地回答，「想啊，你不想嗎？」王子健沒有回答，聳聳肩。王仕凱又接著說，「你不覺得他們很幸福嗎？」「你怎麼知道他們很幸福？」「你不覺得嗎？」「那你現在不幸福嗎？」「也沒有，只是覺得有個人可以跟自己分享事情，感覺很幸福啊！」王子健沒有再問王仕凱也沒再回答王仕凱，兩人看著大海，沉默了下來。

王子健有些失落，不，他非常失落，眼前的大海也容納不下他巨大的失落，他轉頭看了一眼王仕凱，王仕凱不明所以地也轉頭看向王子健，並對著王子健露出他習慣露出的無辜無害的表情，那是王仕凱招牌的微笑，王子健勉強地擠出笑容回應。王仕凱又轉回頭看著大海，用力地吸完他剩下的飲料，吸管因飲料即將飲盡與飲料瓶空間產生迴音，發出巨大的聲響。

王子健討厭那個聲音。

36

電話響起，王子健趕緊衝出房門，接起電話前他深吸了一口氣，緩一緩。

王子健與王仕凱講電話時，他總是習慣在電話旁的白紙上塗鴉，沒有意義的圓圈或筆畫，有時則是將功課討論的公式寫了一遍又一遍，「等一下哦，我去拿另一本筆記。」兩人複習到上一學期數學老師超前進度的內容。

回到房間拿筆記本時，王子健看見自己書桌上擺著王仕凱的大頭照。他有點心虛地回到電話旁，一個步驟一個步驟地講解，關於微分與積分的差異，王子健已經解釋了好幾遍，但王仕凱始終一知半解。王子健也把王仕凱的大頭照帶到了電話旁，他看著照片裡的王仕凱，不厭其煩地再解釋一遍。

那是幾天前，夏日的陽光太用力，將整個城市曬得過頭，冷氣不停地往更低的溫度調，而室外又更熱了。王子健與王仕凱也熱暈了，兩人相約速食店討論功課，這多少又更像約會了。王子健表現體貼，替王仕凱點餐，讓王仕凱先上樓找座位。

王子健端著餐點來到座位旁。王仕凱正看著窗外，王子健緩步地走向他，在王仕凱的對面坐下，他像是觀看風景一樣，看著正在觀看窗外的王仕凱，他沒有想弄懂王仕凱此時此刻究竟在看什麼或想什麼，王子健咬著薯條，看著王仕凱，心頭便有說不上的幸福。王仕凱一回過頭，王子健便將眼神移往窗外。

「你在看什麼啊？要給你多少錢？」王子健只回答後面的問題，「九十九元。」王仕凱掏出皮包，想抽出一張一百元，卻掉出了王仕凱不太體面的模樣：皮包裡的身分證件、亂折的發票與剛拍的幾張大頭照散落到地上，王子健幫忙撿拾。

情人眼裡不甚體面的「長相」帶來的不是丟人，而是具體的存在；王子健更是不自覺地同時展現了體貼與霸道，他撿起了身分證與大頭照，搶著不還給王仕凱，王仕凱忙著整理散落的發票與紙條，「哈哈，這你小時候的照片哦！」王子健嘲笑王仕凱，但這嘲笑可完全沒有看不起人的意味，嘲笑裡多了好多層意義，嘲笑裡帶著發現祕密般的開心，嘲笑裡帶著拉得更近的距離，嘲笑裡也帶著濃濃的愛意。

「就小學的時候嘛。幹麼一直笑，在笑什麼啦，有這麼醜嗎？」王仕凱有些不服氣，這不服氣當然也不是兩人不快的爭執，這不服氣帶有撒嬌，帶有探問，也帶有更近的了解。

王子健刻意將王仕凱新拍的大頭照與身分證上的照片放在一起，左右比較了一番。但王子健還是笑，充滿複雜情緒的笑，明裡笑，內裡也笑，沒有道理，只有目光。反而是王仕凱，急著解釋，「不要笑了啦。那我前幾天去拍的，開學前我會去換新的啦！」王子健點點頭表示理解但沒再說什麼，王仕凱將王子健手上的身分證與大頭照拿回，王子健似乎是看夠了、滿意了，他放手讓王仕凱拿走，但他卻覺得擁有更多。

王子健記著王仕凱的生日，八月十八日，是一隻小獅子啊，王子健心想。

不是有人說快樂的時光一下子就過了，對王子健而言多少也是如此，王仕凱不能待太晚，王子健的講解也告一段落，他喝著飲料，隨意看著周遭的人。

但他的眼光始終離不開王仕凱，王仕凱正困在題目的曲折裡，皺著眉，「怎麼這麼難，才剛弄懂微分，你講完積分，我怎麼連微分也不懂了！」王子健試著解釋，「嗯……你不是喜歡唯一解嗎？你可以想像，微分可微，就是那個唯一解。」然而，王仕凱是個具體的人，對抽象的思考欠缺了點，王子健再繼續解釋並在紙上畫了個圓與切線，「所以我們不是會指數降階乘到前面，變成直線方程……你看，本來是曲線嘛，微分可微就是這裡，切一條線過去，這個切點……」王子健無法了解王仕凱為何不理解，而王子健也無法了解自己只是重述了老師的講解而已，他沒有給出更多的解釋。

「那積分呢？積分為什麼是微分的逆運算呢？我知道是求面積，可是為什麼是求面積呢？你說你喜歡積分，為什麼？」王仕凱一連提問了好多問題，王子健想了想，「這要回到速度問題……嗯，距離不是等於速度乘以時間嗎？通常時間就是一段時間，不會變動吧，可是如果速度不一樣，速度很難一直不變，如果速度一直變動的話，我們就很難計算到底距離是多少了吧？所以積分就是把時間切很多很多段，每一段乘以一個速度，再全部加起來就是了，你看就像這張圖一樣。簡單的說，積分就是保護曲線以下的區域。」「啊——」王子健最後一句話，增加了王仕凱的不解，王子健急著抹去最後一句話，「沒有啦，最後那句話你不要管。前面的聽得懂嗎？」王仕凱搖頭晃腦，他覺得頭昏了，他想逃離現場，「我去廁所洗把臉，我再想一下。」

王仕凱離開後，王子健看見桌上王仕凱沒收起的皮夾，他左看右瞧，很快地抽走了一張大頭照，夾進自己的筆記本裡。

王子健反覆看著照片裡王仕凱不笑的表情，他一手拿著話筒，另一手玩弄著照片的尖角，他又講解了一遍，可王仕凱還是陷在重重的困惑中。耳朵裡聽著電話那頭王仕凱以自己的方式重新講解一遍自己對微分與積分的理解，王子健沒聽懂王仕凱的講解，但王子健卻很喜歡王仕凱認真解釋的模樣，聽他煞有其事地把一件事情講得頭頭是道的模樣，感覺像是非常仔細地將一條線一條線分門別類清清楚楚地擺放在桌面上。王子健看著牆邊的月曆，八月分，八月十八日，他想起王仕凱的生日。王仕凱或許對微積分更模糊了，可王子健卻以為他對王仕凱更清楚了。

第六章　試證明真心話等於大冒險

37

王子健從抽屜拿出一個裝喜餅的紙盒，又在紙盒裡好幾冊的畫簿中，拿出其中一本；他翻了翻，有好幾頁草稿，勾勒著混亂的線條卻未填上肌理的人臉；翻著翻著，形象似乎逐漸變得清晰，他停在最新的一頁，是畫到一半的王仕凱畫像，與桌上擺放的大頭照相似。

桌上的那張大頭照，上頭套著一層塑膠膜，王子健拿著照片一邊比對一邊選擇下筆的位置；一旁有張卡片半開著，只寫了「王仕凱：生日快樂，王子健留」。王仕凱的名字底下仍留著一大片空白，王子健考慮是否寫些什麼或是完全不寫；他轉著筆，拿不定主意……怕是多了，卻又覺得太少；他怕是寫多了說了什麼不該說的話，一不小心將藏住的情緒與思緒洩漏出，而寫少了，卻又顯得自己沒有誠意。

他看著桌上的另一封信，半開的信紙，滿滿的字，皺褶與筆跡相互漫溢，一旁的信封上寫著安真妮收。那是王仕凱託王子健交給安真妮的，但王子健沒有轉交。

電話響起，王子健開心地衝到客廳，接起前，他瞄了一眼牆上的鐘，七點十五分。

「喂！王子，是我小白啦。你快點幫我找人來救我們。快點啦。拜託，千萬不能讓我爸知道啊！」電話那頭是白先光焦急的聲音。

「怎麼了？發生什麼事了？」王子健急忙問。

「我們三個在警察局啦，三貼被抓到，不然你趕快叫班導來救我們啦！拜託，絕對不可以讓教官知道，他認識我爸的，我爸萬一知道，到時候我就慘了！」白先光急忙解釋。

「好啦，你不用擔心，你們等我，哪一間警察局……」王子健安慰著白先光。

王子健出門前又看了一眼牆上的鐘，七點二十五分。

38

四人組從計程車下車，白先光付了錢，四個人站在王子健租屋處門口等班導，王子健看了看手錶，又往樓上看了看。

不久，班導騎摩托車也到了。摩托車駛近前，陳正忠就率先跟其他三人說，「等一下，一起謝謝老師哦！」王子健開玩笑地說，「是你們三個吧！」陳正忠示弱地拜託王子健，「麥安捏，一起啦，拜託。」

摩托車的引擎還未熄火，其他三人就跟著陳正忠的手勢，一齊喊出：「謝謝老師！」班導搖了搖頭，「你們四個哦，能不能乖一點，剩不到一年就聯考了，也都快滿十八歲了，能不能有點責任感，尤其是你，王子健，你一個人住在外面，要多注意，知道嗎？」王子健覺得莫名其妙，他只能苦笑面對，他一臉困惑地指著自己，陳正忠誇張地拍著王子健的背，安慰他。

班導又接著說：「好了啦，幸好沒有撞到人……你們三個早點回家……」陳正忠又立即回答：「遵命，老師！」班導指了指陳正忠說不出話來；林政國趕緊搭了陳正忠的肩對導師說：「老師放心，我們等一下就會回去了。」陳正忠也連忙附和：「對呀，我們等一下就回家了，謝謝老師！」白先光又再次提醒班導：「老師拜託哦，千萬千萬不可以讓我爸知道，不然我會被他打死！」班導帶著笑意與無奈回答：「我，知，道……你們哦，是沒出什麼事，如果出事了、開罰單了，我就不保證你爸不會知道……好了，我先走了，早點回去哦……你們三個！」四人組異口同聲地回答：「好。」

班導騎車離開後，王子健看了看錶，已經八點五十五了，他有些失望地拿出鑰匙準備上樓，「那我們就……就地解散了哦！」

然而，陳正忠卻不想這麼快結束，「耶，等等，大難不死必有後福！我們應該去買東西到王子家慶祝一下。明天放假，我好不容易可以出來過夜，既然現在在王子家，嘿嘿……而且我們也沒到過王子住的地方……」林政國聳聳肩，「我是沒差，反正本來就是要去小白家過夜的，不過老師不是叫我們早點回去。」陳正忠接著補充：「你什麼時候這麼乖了，真的很死腦筋耶，我們到王子家，不是一樣是『早點』回去哦，而且前陣子小胖他老爸去一趟我家後，現在我家老爺，一聽我要去小胖家，絕對沒問題！」白先光還在擔心被抓進警察局的事，陳正忠踮腳搭著白先光的肩，「不用擔心啦，你老爸又不在家，而且他也認識王子，不是嗎？」白先光尷尬地笑著並點點頭；王子健再一次看了看錶，勉為其難地答應：「好吧，那別買太多哦！」

39

「你們先在客廳一下唷！」王子健一進門便趕緊衝回房間。

「碰」。陳正忠將一大包飲料與零食放到桌面時沒算準力道，發出巨大的聲響。

「你小力一點，是要弄壞別人的東西是不是！」林政國叨念了陳正忠幾句。

「很重啊！」陳正忠語帶抱怨。

「你還敢講，要不是你貪心拿那麼多罐，哪會這麼重，而且還說買不多，要自己拿，我真不知道，你拿那麼多，是喝得完哦？」

「喝得完呀，怎麼喝不完，才十三罐。你們一人三罐我四罐。」

「你不要因為是小白付錢，就拿那麼多！」

「小胖沒講話，你是在囉嗦什麼！」

「好啦，沒關係啦！」白先光試著阻止陳正忠與林政國吵嘴。

王子健一進房，便趕緊鎖上抽屜。看了看時鐘，九點二十六分，王子健擔心他們起鬨跑進他房間亂看，或是翻看他的抽屜，於是他找出一副撲克牌。

「王子，你這 view 這麼好哦！」陳正忠看著王子健家的窗外。

「還不錯耶，可以看到八五大樓。」白先光附和著，他與林政國也靠向窗邊。

「那邊是大遠百對吧！」林政國問。

「好像是耶！」白先光答。

「王子，你好好哦，現在就可以自己住，我也想自己住。」陳正忠有些感嘆地說。

「可是自己住……感覺很麻煩耶，很多東西都要自己弄。」白先光不以為然地答。

「以後我也想要自己住。」表面上是林政國附和陳正忠，但林政國不過是表明自己的心意。

「你吃錯藥哦，幹麼學我。」陳正忠轉頭看向林政國，忍不住嗆他。

「想要自己住就是學你哦，那全世界很多人學你囉？」林政國不滿陳正忠的無理。「我……我是在講你，幹麼講到別人！」因為林政國的反駁，陳正忠一時語塞。

「好了啦，這樣也能吵，你們兩個住一起算了……」王子健正好走出房門。

「不然之後上大學，我們四個可以一起在外面租房子啊。」白先光開心地附和王子健的提議。

「誰要跟他住呀。」陳正忠立即拒絕。

「小白，你確定我們會上同一間大學嗎？」林政國總是理性一點，看了一眼陳正忠但對著白先光問。

「嗯……」白先光意會到自己的天真，擺了副笑臉，點了點頭不再說什麼。

「好了啦，不是說要慶祝嘛！」王子健撥了撥手上的撲克牌。

王子健白先光陳正忠林政國依序坐成一圈，輪流發牌，他們正在玩橋牌，手上叉開的花色代表各自的籌碼；客廳地上擺滿喝剩的酒罐、飲料與零食。四個人都有了一些酒意，但白先光最節制，他一瓶都還沒喝完，陳正忠已經捏歪了兩只瓶罐，第三瓶剛見底，他又用力捏瓶罐，他生氣地將牌丟到中間。

「又輸了。王子，你嘛有默契一點。不知道一直看時鐘幹麼。看牌啦。」陳正忠因為有了酒意，講話開始有些控制不住音量。

「我哪有，是你都聽不懂我喊的牌！」王子健不服氣，他方才又瞄了一眼牆上的時鐘，十點五十分了。

「我們一直贏，沒處罰實在太無聊了……」白先光率先發難。

「對啊，應該要有處罰，這樣王子才會認真一點玩嘛！」陳正忠眼睛一亮，立即附和。

「處罰什麼，太扯的我不玩哦！」王子健有些不滿，他認為一直輸牌並不是他一個人的問題。

「對啊，我怕有人會輸到脱褲爛！」林政國表面附和王子健其實是嘲笑陳正忠一直輸牌。

「王子幹麼這麼膽小，我們不會輸的啦！」陳正忠當然不可能認輸。

「你不會輸？那剛剛我們玩的是？」林政國刻意露出一臉疑惑。

「剛剛是讓你們的，你沒聽過球是圓的牌是方的嗎？」陳正忠一臉十足把握的模樣。

「啊？有這句話？」林政國被陳正忠莫名其妙的自信弄得一頭霧水。

「那處罰就是真心話大冒險好了。輸的那組，分成兩邊，然後轉酒瓶，看指向哪一邊，就是那個人要被處罰，這樣可以嗎？」白先光將他手上的水果酒飲盡，玻璃瓶身放在他們面前「扣」了一聲，提出了他的方案。

「沒問題。」林政國與陳正忠異口同聲地回答。

「沒問題什麼，下一把我們會贏的。等一下就讓你輸到脱褲爛！」陳正忠大眼瞪著林政國。

「我沒差，我記得剛剛我們好像還沒輸過耶……」林政國也是一副勝券在握的模樣。

「你們最好一直贏下去。」陳正忠立即反嗆林政國。

「好啦好啦，我可以啦，沒問題啦，快點開始，別吵了。」王子健看陳正忠與林政國已經在火頭上了，聳聳肩，攤開手表示同意，王子健也把第二瓶酒喝光了，他看了陳正忠旁四瓶捏歪的酒罐，林政國的三罐也喝完了，他偷偷瞄了一眼手上的錶，想著王仕凱不知睡了沒。

「不然，我們先玩一場，贏的那組可以決定真心話與大冒險的內容，這樣公平吧！」白先光接著提議。

「好呀，發牌！發牌！」陳正忠急著喊，搓著手準備拿牌。

陳正忠又將牌丟到中間，王子健也只能露出無奈的表情。

「這次的牌組實在太差了，不上不下。」陳正忠有些生氣卻又怪不了王子健。

「有人不是說要讓我輸到脫褲爛嘛！」林政國有些得意地嘲笑陳正忠。

「少囉嗦。快點說內容，反正下一把贏就好了！」陳正忠想趕緊進到下一回合。

「等我一下，我要先去把壞運氣排掉！」陳正忠起身走向廁所。

白先光與林政國在一旁討論，竊竊私語。

「王，子，健，認真一點唷！」陳正忠回來後，擦了擦手，指著王子健，一副待戰的模樣。

「不就玩牌而已，幹麼這麼嚴肅！」王子健一派輕鬆地看著陳正忠。

「王，子，健，認真一點。」陳正忠再重複一次方才的話。

「好啦，囉嗦！」王子健不耐煩地答。

「那我先說真心話，要講自己喜歡的人，而且是要我們認識的哦，不可以是父母，也不可以是友情，要愛情的那種，想在一起的那種！」林政國回到位置上，白先光公布處罰內容。

「拜託，誰要講這種呀！王，子，健，下一把一定要贏。」陳正忠立刻嗆聲。

「那大冒險的話……不是有人說要輸到脫褲爛嗎，大冒險就是……全裸，然後衝到一樓做十個伏地挺身。怎樣？敢不敢！」輪到林政國公布大冒險，他遲疑數秒，看了看陳正忠。

「好啊，誰怕誰呀……快點，我要發牌了！」陳正忠面對著林政國衝著他來的模樣，他不甘示弱，完全沒有異議。

「你們一定要玩這麼大嗎？」王子健搖了搖頭。

陳正忠起身，將牌丟到中間，刻意大口呼吸，快要抓狂的樣子。他往前一步，搶了王子健手上的牌看了看。

「哈哈，快點轉瓶子唷，有人要輸到脫褲爛囉！」林政國得意地往後坐，想看陳正忠如何反應。

「怎麼可能，我明明算得這麼準！」陳正忠還困在方才那局牌裡，他計算著卻未理清楚自己為何失誤。

陳正忠與王子健面對面，陳正忠認為是他的失誤，他決定由他轉瓶子……玻璃瓶身摩擦地面，慢慢地停了下來，瓶口正好停在王子健面前。

「啊王子，是你耶！」白先光有些驚訝。

「好可惜哦！」林政國語帶挑釁地說。

「靠，可惜什麼！」陳正忠瞪了林政國一眼。

王子健深吸氣，背對他們三人，二話不說地迅速脫掉衣服，一隻手抓住下體，往門口衝出門。三人衝向陽台，不到幾秒鐘的時間，他們三人看見王子健出現在樓下大門，王子健往上瞧了他們一眼後，立即開始做伏地挺身。

三人一齊喊著：「十、九、八……」陳正忠突然大喊：「有猛男脫衣秀哦，各位快來看，免費的唷……」王子健想加快速度，他雖一絲不掛，身上卻掛滿彆扭，「七、六、五、四、三、二……一……」陳正忠又接著，「二分之一」，三人大笑，王子健立即起身抬頭，他一隻手擋住下體，另一隻手對著他們三人比中指，迅速衝進門。

王子健很快地穿好衣服。

「王子很猛哦，二話不說。」陳正忠誇獎王子健。

「少在那邊。下一輪認真點。」王子健一點也不覺得開心。

「剛我算錯嘛，我才要說你咧，前面都不認真。」陳正忠略帶歉意。

「如果下一輪你們又輸，然後又是王子被罰的話，他只能選真心話哦，脱第二遍，我們就不想看了。」白先光接著又加了一條新的規則。

「好啦，沒問題，只要我對面那個認真一點！」這樣一上一下脱衣穿衣的過程，王子健的身體熱了起來，似乎也增加了鬥志。

「好啦，快點切一下牌，我要發牌了！」陳正忠把牌遞給林政國。

然而，陳正忠與王子健再一次面對面，這一次又是陳正忠轉瓶子，不過瓶子停在陳正忠自己面前。王子健鬆了一口氣，嘴角忍不住笑了。

「我靠——」陳正忠誇張地喊著。

「有人『真的』要輸到脱褲爛囉！」林政國得意地拍著手。

陳正忠瞪了林政國一眼，他拉了拉衣服，他不好意思脱衣服，不是他害羞不敢脱衣服，也不是他的身材不好，甚至也與四人組之間的友情無關，他不好意思脱掉衣服全是因為自尊心作祟，他身上還有好幾處被他爺爺狠心抽打的痕跡，他憋了一口氣說：「我喜歡的人是陳素芬。」

然而，他的答案並不讓任何人驚訝。

「這題對你根本安全題，在場的誰不知道你喜歡陳素芬，至少要講出第二喜歡的。」林政國有些不滿。

「這是你們出的，又不是我出的，如果又輸，下一次就是大冒險，如果我輸第三次，我就講我第二喜歡的！」陳正忠要賴皮卻又頗有道理地辯解。

「那遊戲規則要從現在開始改哦，小白也不能講安真妮哦！」王子健也感染了陳正忠的詭辯。

「我又還沒輸，而且我也沒有說我要選真心話啊！」白先光面露難色。

「反正輸贏都還不一定啊！」王子健頑皮地取笑白先光。

「小白別擔心啦，我們會一路贏下去的！」林政國安慰白先光。

「快啦，洗牌洗牌，我一定要雪恥！」陳正忠想趕緊進入下一回合……

這一次，瓶子轉呀轉，轉呀轉，停在林政國面前。

「老天有眼啊——」陳正忠起身興奮大喊。

林政國看了看對面的三個人，心有不甘地不知該如何選擇。

「快選啊。平常都脫上衣打球，現在在那邊不敢脫，是在害羞三小啦！」陳正忠得意洋洋地對林政國嗆聲。

「是有在怕的哦！」林政國覺得脫上衣跟全裸到底是兩回事，但他不想示弱。

他立即脫掉全身衣服，只剩下一件內褲，他困窘地脫下，但他得用兩隻手才遮得住下體。

「小白幫我開門一下。」白先光一開大門後，林政國立即衝了出去。

「有人輸到脫褲爛啊！」陳正忠故意跟在林政國背後，站在大門喊。

三人站在陽台往下探，等待，大笑。

瓶子轉呀轉轉呀轉，好像就不願停下來似地，四人都屏息以待。

接下來好像不管輪到誰，都有一些難堪，王子健與林政國或許不在意脫光衣服，但要講到喜歡的人，就有說謊與誠實的兩難，說謊了還是真心話嗎？身體全裸的代價又能等同於心裡揭露的代價嗎？至於白先光與陳正忠，兩人倒是早已表露自己喜歡的對象，反倒是脫掉衣服這件事，對於有些過胖的白先光而言成了極其丟臉的事，他曾在鏡子前看著自己肥胖的肉身，他不太喜歡那樣的自己；至於對陳正忠而言，身上有著被爺爺鞭打的瘀痕，即使已經過了好一陣子，可有些地方卻仍隱隱作痛，露出瘀痕不只是露出自己的家庭背景，也是揭露自己的不堪，他不脫掉衣服是在保護自尊，他怎麼好意思讓好朋友看到這些呢？

沒想到下一輪，白先光與林政國又輸了。林政國十分懊惱。瓶身還在旋轉，林政國看向白先光，白先光也看向林政國，他們都不想要瓶口指向自己或對方。

瓶身停下的速度有些遲疑，但答案卻是再明顯不過。

「嘿嘿嘿，有人又輸了。快招快招，你喜歡的人是誰。是班上的哪一個女生呀？」陳正忠起身原地轉了一圈，得意的快飛天了。

「其實，現在已經滿晚了，我們要不要早點睡了……不然，你們三個都被罰過一次了，這次換我好了！」白先光面有難色，他想替林政國緩頰。

然而陳正忠一點也不想放過林政國。

「這樣說就不對了，這規則你們下的，願賭服輸呀！快啦，不要這麼不乾脆！像個娘們耶，快點！快點！」陳正忠催促著林政國。

林政國支支吾吾。

「好啦，我喜歡的人是你，這樣可以了吧！」林政國心裡緊張得想鑽到地下，可嘴裡的語氣卻十分平靜，他對著陳正忠說。

氣氛沒有瞬間凝結，陳正忠以為是玩笑；倒是王子健嚇了一跳，微醺的意識瞬間都醒了；至於白先光他早就知情了，但對於林政國這麼直接地講出，他心裡倒也震顫了一下，瞪大眼看著林政國。

「幹，麥鬧呀，真心話耶，亂講的人也要處罰吧。你們兩個說看看啊！」陳正忠還語帶玩笑地回應。

然而，除了陳正忠以外的其他三個人，都沉默，在那個時候，空氣凝結了。

王子健睡在自己的單人床上；床下，分別是白先光與林政國，睡在鋪了涼蓆的墊上。林政國紅著眼心有不甘地側躺著，他睡不著，他想著自己是否太過衝動了，他看著白牆，彷彿白牆上會浮現什麼答案一樣；白先光不知該怎麼辦。

「阿國，還好嗎？」白先光試著關心林政國，但林政國沒有回答他。

「唉，王子，你睡了嗎？」白先光有些不知所措地又問了王子健，但王子健也沒有回答他，白先光有些自討沒趣地發呆看向房門外，不一會兒便睡著了。

陳正忠一個人睡在客廳的長椅上，他閉著眼，翻來覆去；從一旁看上去，無法得知他是還心煩著方才的事，或是在惡夢裡與誰纏鬥著。

王子健躺在床上，有時睜眼看著天花板，有時閉眼好像也看著天花板，眼前的視線一片模糊，他不知該怎麼辦，他的腦裡這時充滿王仕凱的樣子，這讓他有些擔心，他想著王仕凱今晚是否打給他，可是他卻不在家，他想跟王仕凱解釋發生了什麼事，但他的直覺卻又阻止他——不可以講唷！王子健沒聽見白先光叫他，他無聲且緩慢地深呼吸好幾次。睜眼又閉眼。

40

陳正忠站在講台上，一臉怒意，他盯著手上的信，眼睛眨也不眨地瞪著講台下的王子健。

王子健看見陳正忠站在講台上，陳正忠生氣是必然的，但為何要對他生氣呢！王子健摸不著頭緒，王子健思緒混亂，他好像聽見笑聲或是他沒聽見，他看見班上的同學對著他，張口大笑的模樣。

王子健坐在座位上，揮揮手要大家走開，一不小心他用力推了後頭的桌子，桌子輕，因而失去了重心，桌子搖晃……王子健伸手扶穩桌子，王子健因失重而嚇醒，由於午睡時間非常安靜，桌子輕微挪動便發出明顯的聲響，過大又刺耳摩擦地面的聲音，王子健趕緊抓穩桌子。

原來是夢。王子健深深吸了一口氣。

王子健看了看四周，精神有些渙散，意識有些恍惚，他戴上眼鏡，慢慢地辨識周遭。

班上的同學都還趴在桌上，四周仍非常安靜，什麼事也沒發生。他看了看手上的錶，離下課還有三分鐘，他又趴回桌上；不知過了多久，好像才剛趴下，鐘就響了，又或是過了很久，鐘才響起，他拿捏不了真正的時間間距。

王子健重複對著自己的臉潑水，他還沒清醒，抬頭看著鏡子裡的自己，方才的夢境片段，偶爾還竄進他的思緒，他又持續深呼吸，潑水，用力地抹過整張臉。水從臉上流下，有點像淚，他拉起上衣快速抹過一遍，擦乾。

王子健的身後陸續有人經過，他原本不以為意，但他聽見人群聚集，他看見好幾個同學趴在走廊的欄柱上，朝樓下的中庭指指點點，不知看著什麼。

王子健也走過去；他看見林政國與陳正忠站在教官面前，教官正對他們倆說話，王子健當然聽不見教官到底講了些什麼。

有幾個同學朝王子健看去，「發生什麼事啊？」「不知道。」「你去問王子健。」「不要，你去啦！」「他在看妳耶，妳去啦！」「妳自己去啦……不要看了啦！」上課鐘響，同學們陸續回到教室，聲音卻沒有停下來，低聲碎語地聊，七嘴八舌地猜，謠言很可怕的，王子健也知道，因此他一句話也沒說，他看了一眼王仕凱，不知為何便有些心虛地趴在桌上，等待上課，然而同學壓低聲音的討論，他卻好像聽得更清楚。「你知道發生什麼事嗎？」「不知道。」、「我知道我知道。」「是哦，快點跟我講到底發生了什麼事？」「聽說啊，他們兩個人中午在體育館打球，打球打到後來變成打架。」「打架？為什麼啊？」「對呀，為什麼呀，他們四個人感情不是很好嗎？」「聽說啊，他們喜歡同一個女生，爭風吃醋。」「原來是這樣呀。」「誰說的啊？」「他們喜歡誰啊！」「那個女生是誰呀！」

安真妮打斷了同學間停不下的細碎討論，她喊著：「起立，敬禮。」「老師好。」「坐下。」

王子健朝白先光看去，搖著頭，皺了皺眉。白先光對著王子健聳聳肩，表情無可奈何。

老師背對著同學開始在黑板上寫著這節課的學習目標及重點。王子健看向講台，視線經過王仕凱，停留；王仕凱突然轉頭與他座位後的女同學交談，他轉身的瞬間看了一眼王子健；可王子健卻立即別開頭，王子健朝窗外望去，窗外的風景如舊，可對他卻沒有太多意義，玻璃窗上的他的倒影好像看著他自己。

41

電話響起，王子健仍然開心地接起，也耐心地一步一步解釋，兩人討論功課已成日常。

「聽說聯考不會考證明題，我們幹麼要做這麼多呀！」王仕凱有些抱怨。

「證明題就是讓我們了解很多定理、公式的基本原理，是怎樣被推演出來的，這樣你以後用這些公式的時候，就不會只是死記規則而不懂原因啊！」雖然王子健講的一口好理由，但他很清楚這是藉口，他心裡想的是，這樣我才可以教你啊，才可以跟你講電話啊。

「可是要證明本來就是對的東西，不是很無聊嗎？」王仕凱反駁王子健一連串的話。

「嗯……」王子健卻不想反駁王仕凱。

「好啦，先這樣好了，我們這禮拜見面討論的時候，你再演算一次給我看……」王仕凱摸不著頭緒，此時此刻的他放棄了，他將理解往後遞延。

「好啊！那有什麼問題。」王子健立即答應；王子健的明快果斷來自於他又有機會與王仕凱單獨見面了，而非為了王仕凱演算一遍又一遍自己早已熟悉的步驟。

兩個人突然都不說話，電話筒裡傳著彼此身後的背景聲，聲音很小卻反而顯得有些奇異。

「耶……王子健，有件事，可以問你嗎？」王仕凱最終還是開口了。

「先說哦，我不知道陳正忠跟林政國發生什麼事哦，不要問我他們的事！」王子健有不好的預感，他率先阻止了王仕凱的詢問，其實也是想避免自己說謊。

「好啦，我不問可以吧！你不要突然這麼生氣啊！」王仕凱有些抱歉地笑了。

「我沒有，我沒有生氣啦！」王子健的語氣刻意變得和緩，態度也特別溫和。

王子健看著電話上的月曆，月曆上圈著八月十八日，畫了一張笑臉，「對了，這禮拜的討論，要不要來我家啊！」王子健有些擔心王仕凱拒絕，他心裡盤算著要拿禮物給王仕凱，卻又不想選在公共場合。

「哦！好啊。」王仕凱答應得太快太沒心思了，王子健止不住開心，卻也忍不住擔心。

42

林政國請了好幾天假。

這天林政國有到學校上課，但同學們都不知道這天對許多人而言可能是最後一次見到林政國了，林政國是特地到學校辦理休學手續的。

白先光為了讓四人組重回往日時光，他特別訂了四個豐盛的便當，中午時硬是將四人組集合到學校的天台上，天台原本是他們午餐的老地方，可今日看上去，廢棄籃球架、斑駁的觀眾椅都好像比以前顯得更為老舊。

這天早上的時候，本來還是陽光普照，但一到中午，天氣便變得很差，雲聚了起來，積著卻又沒落下雨，雲降得又低又厚重，空氣裡漫著溼氣，好像隨時會有場大雨傾盆而下。

林政國一個人坐在廢棄的籃球架下吃飯。

王子健、陳正忠兩個人則是坐在另一頭斑駁的鐵椅上。

白先光兩頭跑，他正從林政國那頭走向陳正忠與王子健這頭。

「阿國不過來耶，王子，想想辦法啊！」白先光有些無奈，這與他想像的不同。

「他自己心裡有鬼！」陳正忠心裡還是不快。

「你何必這樣講他，大家都是朋友！兩個人不會自己和好哦，難道要我一人牽一隻手來握手言和喔！」王子健聽了陳正忠的口氣後脾氣也上來。

「不然咧？是我的錯？」陳正忠無法認同他們兩個人明顯偏向林政國的態度。

「我沒有說是誰的錯。只是你們用不著打架吧！」王子健忍不住立即回話。

「幹，你們是知道發生什麼事哦，那……」陳正忠非常不高興地大聲回話，他站起身，折斷竹筷塞進空的便當盒，以橡皮筋包住，捏著空盒往門的方向離開。

王子健與白先光看著陳正忠的背影，餘光中也看見林政國因為陳正忠的舉動而看向他們。

「幹，俉輩要去呷菸了啦，會被你們幾個氣死了！」陳正忠碎念著離開天台。

43

王子健在體育館的廁所洗臉，他對著鏡子不斷拍打自己的臉，陳正忠出現在他的身後，走向小便斗。陳正忠站在小便斗前，他沒有看向王子健。

「王子，去跟小胖講一下，我不想跟他吵架，體育館裡面都班上的同學，叫他傳球給我，他都不要，這樣是要怎麼一起打球啦！我們同一隊的耶！」陳正忠刻意語氣輕鬆卻帶著要求。

「你自己幹的好事自己解決！」王子健還為陳正忠中午的態度有些不快。

「什麼我自己幹的好事，我什麼也沒做呀，是阿國啊！」陳正忠在洗手台前洗手，他語氣不甘心，可還是刻意壓低姿態。

「是啦，都是阿國的錯，你都沒錯！」王子健語氣帶著諷刺，他朝洗手台前鏡子裡的陳正忠看了一眼。

「幹，連你也站在他那邊哦，我到底哪裡錯了，那個阿國他……幹，我又不喜歡男的。不然你給他愛呀，你講得這麼輕鬆！」陳正忠已經忍不住了，他對著王子健大吼，他身體往前一步，他氣得想給王子健一拳。

王子健嘆了一口氣，「唉，愛這種事，哪有說給誰愛就給誰愛的，但是至少你們應該還是朋友吧，沒必要搞成這樣吧！」王子健因為陳正忠突然暴怒反而退了一步。

「對啊，你自己說的，愛哪有說給誰愛就給誰愛的，所以，我也不行啊，我喜歡的是女生，這樣是不可能的！」陳正忠立刻接話。

王子健不答話了，他看著鏡子裡的自己，不知該怎麼再接話下去。

「我不管你們怎樣了啦，反正……反正就算阿國完全不當一回事，我也不可能不當一回事啊，事情已經發生了……而且，這明明是我跟阿國的事，現在我們三個人為什麼會搞成這樣，球也打不成！」陳正忠補充自己的論點，想換得王子健多一點認同。

陳正忠看著鏡中的王子健，可王子健一句話也沒有回應。

第七章　偷偷的排列組合是偷偷還是偷偷

44

王仕凱站在學校附近路口的便利商店前，東張西望。

他抬頭望了一眼天空，一片藍，幾乎無雲，那天是星期六中午，剛放學不久，天氣非常炎熱；每當有人進出便利商店時，電動門一開一關，冷氣立即竄出，他便感到一陣涼爽，然而，他的後背已經溼透，他不斷拉著上衣，透氣。

王子健騎著腳踏車朝他靠近，王仕凱對王子健揮了揮手。

「等很久了對不對，抱歉啦。車子有點小問題……」王子健語帶歉意地問。

「不會啦，車子有什麼問題嗎？」王仕凱看了看王子健的腳踏車。
「沒事了，修好了，你想吃什麼呢？」王子健轉移話題。
「吃麵……不要，吃飯好了，吃麵太熱了！」王仕凱看了看四周，想了想。
「那你上車，我帶你去吃一家我常去的店！」無論王仕凱講什麼，王子健早已盤算好，他的內心滿溢著歡喜。
王仕凱的手扶在王子健的肩上，坐上他的腳踏車後座，王子健本想將王仕凱的手撥開的，但王仕凱坐穩後便也立刻放開了；王仕凱一手抓著後座的椅架，另一手則扶著王子健的腰，他的雙腳踩在後車輪兩邊突出的火箭炮上。
王子健載著王仕凱，朝王子健的方向前進，兩人一路都沒講話；王仕凱打破沉默。
「對了，為什麼要到側門等呀？」王仕凱坐在車上但仍費力地讓身體穩住，他好奇地問。
「沒有啦，對了，那家店有很多種飯哦，對了，你平常最喜歡吃哪一種肉，雞腿、排骨，還是焢肉，我記得你每次去麥當勞都點麥香魚的，他們店裡也有魚，不過好像每天都不一樣，等一下再幫你問老闆……」王子健不想讓王仕凱發現自己的多心，他到底還是擔心班上的同學們看見他與王仕凱走在一塊，如果班上有人當面向他問起，而四人組又在旁邊的話，事情就會變得複雜，他告訴自己要記取教訓，他不回答王仕凱的問題，他提出新的問題。

正當王子健側著頭與王仕凱講話時，突然有隻野貓從路旁的車底衝出，朝對街奔去，王子健的眼角餘光看見了，他立即手握煞車，王子健想穩定車身；王仕凱的雙手用力抓緊王子健的腰際，但控制不住，王仕凱的頭硬生生地朝王子健的背後撞上，整個人往前抱住王子健，車子停下後，王仕凱立刻下車，往後退。

「對不起。」

「對不起。」

他們倆向彼此道歉，但他們的理由卻完全不同，王子健為自己沒有專心騎車而道歉，而王仕凱卻是因為自己撞了王子健而感到不好意思。王子健停下車，王仕凱下了車，碰撞的身體離開彼此。

「你的背有沒有怎樣，我剛撞很大力耶！」王仕凱伸手摸了摸王子健的後背。

「沒事沒事，上車，我載你去吃飯，不然晚點怕他賣完了！」王子健沒感到痛，或是說就算他真的痛，此時的他也感覺不到。

王仕凱再次坐上王子健的腳踏車後座，他雙腳踩在火箭炮上，他站起身，將手搭在王子健的肩上，喊著：「出發！我幫你一起看路！」

45

王子健與王仕凱都把制服脫了，晾在一旁。兩人穿著背心，邊看電視邊說笑，王子健起身走往冰箱。

「剛剛忘了買飲料了，我記得冰箱的好像快沒了……好涼快哦。真的快沒了！」王子健拿出冰箱裡剩不到一杯分量的寶特瓶。

「快關起來啦，我奶奶說這樣很浪費電！」王仕凱叨念了王子健的行為。

「哦好，等等吃完，我去樓下買。」王子健立即關上冰箱。

「喝水也可以，我們家都喝水而已。」王仕凱體貼地說。

「沒關係，樓下 seven 很近的。」王子健不但想表現主人的體貼，他也沉浸在幸福的時光中，好像為王仕凱做點什麼都不過是小事一樁。

王子健坐在王仕凱旁，他靠他很近，有時他挪動身體不小心撞到王仕凱，有時他因為某個話題刻意拍打了王仕凱，王仕凱都不以為意，王仕凱沒有因為王子健的不經意或有心思而感到彆扭，王仕凱沒有閃躲，有時他也故意擠眼弄眉做出更多表情，那是王子健從沒看過的王仕凱，王子健把王仕凱的樣子當作在撒嬌了。

王子健不是出於色情而僅僅是想靠得更近，如此地靠近後，王子健沒有做得更多了，或許是他不敢做得更多，又或許他沒有想得更多；他將身體湊近與王仕凱的肢體碰觸，看著王仕凱專注地講著某件事，有時連王子健自己也覺得太近了，有些過火了，他又將身體往後挪了一點。

王子健很快便解決了手上的複習題，他瞄著王仕凱專心解題的模樣，他的身體保持不動，視線卻偷偷循著王仕凱筆下的思緒晃動，王仕凱正在解一題多項式函數，他卡在其中一個步驟，他的橡皮擦反覆地擦拭同一個位置，又寫上，又擦掉，每一次的筆跡都有些殘留在紙上……王仕凱突然放下筆，往後躺，雙手舉起，手掌墊著頭，靠在椅背上。

「我投降，我放棄了……我想不出來了……」王仕凱的口氣幾乎像是在撒嬌。

王子健轉過身看著王仕凱，王仕凱躺在椅背上，閉著眼。

「題目太難了，這些我們以後用得到嗎？我真的愈算愈想睡了……」他抱怨著。

王子健看著王仕凱的手臂，極白，腋下只有幾根細毛，與自己的身體完全不同；王子健的手臂因打籃球的關係曬成兩截，一邊白另一邊黑，白的地方不像王仕凱那樣白皙，黑的部分也不像陳正忠那般黝黑，再加上自己的髮色既黑，毛髮又多，只要不稍作整理，大概不出一個月，他整個頭便像爆炸似地亂，他總覺得自己身上的毛髮太過賁張，無法控制。

王子健的凝視缺乏色情的成分，更多是出於好奇，好奇眼前這個與他完全不同的個體與身體，他凝視著，他的眼神掃視，有著想靠近的意味，這靠近是實實在在的，卻也是無形的接觸，這靠近是他第一次如此接近另一個人；這靠近也與四人組勾肩搭背的接近完全不同，他沒有足夠的時間搞清楚哪裡不同，但他的身體毋須太長的時間便有了反應，他的手臂起雞皮疙瘩了，他的身體發熱了，他的心跳加速了，他握緊拳頭又鬆開，他吞了口水。

王仕凱睜開眼，發現王子健正盯著他瞧，他也意會到自己的舉止太放肆了，他將兩隻胳臂放下。

「在看什麼？我臉上有什麼嗎？」王仕凱天真地問，或許王仕凱也知道怎麼轉移話題了，他摸了摸自己的臉。

「沒……沒有啊，看你很累的樣子……對了，你不覺得我們都是函數嗎？」王子健被王仕凱發現了，他覺得尷尬，他轉移話題，他脫口而出的是他內心的想法。

「啊？你是說一對一、一對多那種函數？」王仕凱聽不懂王子健的意思，他皺著眉猜測。

「嗯……沒……沒有啦，我亂講的……沒事……」王子健左顧右盼，他急著想尋找另一個話題掩蓋方才不小心脫口而出的想法。

王仕凱看著王子健有些慌張的模樣，他露出他招牌的微笑，他不明所以地盯著王子健瞧。

「你這是比喻對吧，嗯……我猜你是想講有的人一對一，有的人一對多，對吧，不過……難道不可能有的人是多對一嗎？」王仕凱持續猜想王子健的話，他總覺得王子健是很聰明的人，在他身旁可以學到很多東西，像是家裡有個比他懂事更多的哥哥一樣，弟弟總能學到超齡的常識；或許正因為王仕凱靠近地全無心思，或許正因為王仕凱散發的誘惑如此不經意，才將王子健拉往鋼索般的窄路。

王子健發現王仕凱聽懂他的比喻，但王仕凱真的知道，一對一是誰，而一對多又是誰嗎？王子健懷疑，王子健也擔心王仕凱往他想的方向想，他轉過身背對王仕凱，假裝尋找數學筆記，也在腦海裡尋找話題轉移……

「那你跟班上的同學，有什麼進展嗎？上次好像看到有女生拿情書給你？看你們很熟的樣子？」王子健好奇地問，但他立即後悔了。

「有嗎？什麼時候？沒有啦！哪會有人寫情書給我，你不要亂講，那只是同學問問題而已……」王仕凱想了一下很快地答覆了王子健，然而，王仕凱想起另一件事。

「哦——」王子健簡單地回答，他知道他犯了大錯，他不該把話題引到此處，王子健低著頭，他發現身後的王仕凱沒有說話，王仕凱又再次盯著他看了嗎？王子健心虛且清楚明白王仕凱想問的是另一件事，王子健轉過身面向王仕凱，打破沉默。

「對了，上次你叫我拿給安真妮的信哦，我拿給她了，你們有什麼進展嗎？」王子健撒了謊。

「唉——沒有耶，感覺她看我的樣子還是跟以前一樣，都沒什麼變，對我跟其他同學也都一樣，沒什麼特別的，她應該是對我沒意思吧，還有……後來我知道她爸是海軍少將耶，我爸……」王仕凱的語氣明顯失望，語調也愈來愈低，像是喃喃自語般。

「不是啦，我記得我以前有跟她聊過，她說她現在不想談戀愛，她說她考上大學之後才會談戀愛，所以……所以我說你要用功一點啊……說不定，你們考上一樣的大學，那你就可以光明正大地追她了……對了，我記得她想當英文老師，第一志願應該是師大吧，那……你可以當數學老師呀……」王子健想安撫王仕凱也想減少自己的罪惡感，王子健看著王仕凱臉上的表情從沮喪變為開心，原本收起的微笑也再次出現。

「好——我會努力的。」這是一句空的回答；但王仕凱臉紅了，那是身體的自然反應，因為王子健講中了他心裡所想的，可是很快地，他的眼神便透露不安與沮喪，他清楚明白要跟安真妮考上同一所大學，得非常用功才有可能。

「好啦，你趕快算啊，多算一題就會多進步一點！」王子健試著安慰王仕凱，他的胳臂往王仕凱的肩上擺，將王仕凱從椅背往前拉，王子健抓了抓王仕凱的肩頭，又指了指桌上的本子，「你看我都解完了。」

「好吧，那我先全部算過一遍，解不出來再問你哦！」王仕凱左手握右手，右手捏左手，一副蓄勢待發的模樣。

「這樣就對了！」王子健將胳臂縮回，拍了拍王仕凱的背。

王仕凱回到課本，他十分專心地分析題目並思考可能的解題步驟，這是王子健最喜歡王仕凱的時刻，每當王仕凱專心的時候，好像他的周圍都沒人似的，好像周圍發生什麼事都與他無關。王子健往後坐，兩手舉起，伸懶腰……王子健趕緊縮回手，他見著了自己的腋毛，好像過度發育般，胡亂增生，王子健難為情地雙手抱胸，從王仕凱的側面，看著他那張專注解題的臉。

「這題好難哦！」王仕凱突然停下動作，轉頭看向王子健，王子健趕緊將眼神避開，但還是與王仕凱交會了，王子健趕緊將身體趨前坐近，低頭看著題目，兩人拉近了距離。

「你剛是在看什麼？」王仕凱好奇地問，他將一隻手放在王子健的背上輕輕地搥著。

「沒有啦，我在想事情，沒有看什麼。」王子健被王仕凱突如其來的動作嚇到，但這驚嚇只屬於內心的，他的身體不動，看著眼前的題目，雖然他看完題目後便立即忘了題目是什麼，他有點不知所措，他反而起身往反方向坐遠了些。

王子健伸手拿瓶子想倒飲料，寶特瓶是空的。

「你再算一下哦，我去買個飲料，等一下回來就檢討唷！」王子健起身準備出門。

「好！」王仕凱又低下頭，回到題目裡。

「對了，你等一下，差點忘記了。」王子健衝進房間拿了數學筆記與準備給王仕凱的生日禮物，「這筆記借你，我有分類，你帶回家看，有哪邊不懂的你都可以查一下……還有，這個禮物，你不是過幾天生日嗎？怕沒時間拿給你……」

「謝謝你，我都不知道你的生日……」王仕凱非常開心，他咧開嘴不停地傻笑。

「沒關係啦。那我去買飲料了，你不要拆哦，回去等生日那天才可以拆哦！」

王子健怕王仕凱先拆了，等會兒見面會有些尷尬於是趕緊搶著話。

「好，謝謝你。」王仕凱看著禮物的包裝，是重疊的方格，他摸著禮物，硬硬的殼，他沉浸在開心裡，他點了點頭。

「不可以現在拆哦！」王子健走到大門，又轉頭看向王仕凱。

「好，我知道！」王仕凱拚命點頭，答應。

46

王子健高興地快飛上天了，他的心在晃蕩，他的身體也在晃蕩，他有些不專心了，咻一聲，他差點讓身後駛來的車子撞上，他嚇了一跳，閃到路旁，他站在路旁喘了口氣。

王子健站在便利商店的冷藏櫃前，他打開門，覺得好涼爽，但他又立即關上，他想起王仕凱的話；他有些心浮氣躁，他左右來回走，挑著選著，思考著王仕凱究竟愛喝哪種飲料，他的倒影在冷藏櫃的玻璃門上，游移。

王子健回到家時，一打開門，他看見王仕凱躺在客廳的椅子上，睡著了，於是他放輕腳步，緩緩地關上門。

他慢慢地走近，坐在王仕凱旁。

再一次，王子健可以仔細地盯著王仕凱，王仕凱幾乎無聲地呼吸，他的身體微微地固定起伏，這次的注視與稍早的不同，稍早王仕凱是醒著的，他雖然放鬆地張開了身體，晾著兩隻胳臂，但他隨時是可以收起來的。然而，此時此刻的王仕凱毫無防備，此時此刻的王仕凱是沒有心思的，他不會因為王子健的眼神帶著何種目光而評價他，他也不會因為王子健的視線藏匿著哪種心思而論斷他。

王子健的眼神虎視眈眈，身體蠢蠢欲動，他想伸出手卻又立即縮回，他握拳又放開，放開又握拳，反覆不定；他不知道他到底想做什麼。

王子健的耳朵紅通通，他摸了摸自己的耳垂，他停下動作，好像聽見時間掉落，他意識到自己的呼吸愈來愈沉重，他試著放慢呼吸，調整思緒。王子健吞了口口水，他的喉結明顯地滑動。

擺在客廳桌上的飲料，流汗似地冒著水珠。

王子健伸出手，往王仕凱的耳垂靠近，他的拇指正好可以完全貼在王仕凱大大的耳垂上，王仕凱的耳垂肉軟綿綿的，王子健輕輕地摩搓了幾下。

王仕凱突然醒來，他看見王子健在他面前，手正捏著他的耳垂。

王子健看見王仕凱醒來，有些嚇傻了，他沒有將手縮回，他一動也不動。

王仕凱瞪大眼，突然笑了，抓了王子健的手，朝他的前臂用力咬下。

「啊——」王子健大叫，「耶，你很髒耶！」他立即用另一隻手壓住王仕凱的身體，縮回被咬的手，在身上擦了擦，將手上的口水擦掉，他看了一眼被咬的前臂，有一道明顯的齒痕。

「你先偷捏我的！」王仕凱理直氣壯地回話。王子健的另一隻手還壓著王仕凱，王仕凱作勢要再咬王子健另一隻手；王子健立即將手縮回。

「別鬧了！」王子健又換另一隻手壓住王仕凱，「我光明正大，哪有偷捏！」王仕凱不斷掙扎想抓住王子健的手，王子健的手不斷交換閃躲，躲開的手便立即朝王仕凱的腰際與脅下鑽，他發現王仕凱怕癢，他便更加故意搔癢王仕凱，王仕凱不斷閃躲、身體扭動……王子健放鬆戒心，更加放肆地趨近王仕凱；王仕凱也不甘示弱，他也學王子健，嘗試伸手搔癢王子健，但他力氣不比王子健大，兩人相互打鬧玩笑……

王子健雖然在上方占著優勢，但王仕凱不斷發散的笑意與身體有意無意的掙扎卻讓王子健完全屈居劣勢，王子健逃開的手好像因此更無法逃開，王仕凱有些笑得受不了了，他使勁抓住王子健的手，王子健不想抽回，王仕凱再次用力咬下；王子健明明可以迅速抽回的，但他沒有，他不想讓王仕凱咬中他的手但他好像又想讓王仕凱咬中他的手，他矛盾了，他左右為難了，等到痛感傳到他的腦裡，他才痛得整個火氣都上來，王仕凱不知為何咬得特別用力，咬得毫不留情。

王子健直接跨過王仕凱身上，一手壓著他，一手舉起拳頭，王仕凱被王子健凶狠的表情嚇到了，王仕凱怕王子健真的揍他；他撇著頭，擠著眼，不敢動，好像他已經準備好承受王子健這一拳了。

王仕凱放掉力氣沒有反抗，心甘情願似的……可看在王子健的眼裡，王仕凱的側臉明顯示弱，這模樣怎麼就像是誘惑了。

王子健彎下身，親了王仕凱的臉頰。

王仕凱嚇了一跳，他不明白王子健怎麼親了他；王仕凱臉上的笑意瞬間消失了，他因驚嚇而面無表情，他睜著眼，看了一眼王子健便迅速逃開，他一時不敢直視王子健，他的眼神四處游移，他找不到停留處，於是又回到王子健的臉上。此時，王子健仍跨騎在王仕凱身上，他的呼吸變得十分沉重，像是樂音突然改變，像是房裡的空氣突然變得稀薄；王子健聽見自己的呼吸也聽見自己的心跳。

兩人對看，兩人靜默，兩人不動。

兩人相視，但連結兩人的細線斷開了；兩人持續靜默，周遭環境的吵雜聲似乎全回來了；兩人一動也不動，可王仕凱的身體卻是明顯地想與王子健保持距離。

不久，王仕凱的身體開始挪動掙扎，他試著擺脫這個姿勢，又或者他試圖掙脫王子健，他又再次將眼神移開；王子健太緊張了，他的身體無法動彈卻不停地顫抖，他看著王仕凱卻完全無法從他的眼神或面無表情裡讀到什麼。

王仕凱的眼神沒有愛意，他擅長以笑容緩解尷尬氣氛的習慣也暫時消失，他的面無表情戳著王子健的內心，然而，他也沒有因為感到不自在而推開王子健，他心裡堆滿困惑，像是他對數學的困惑一樣多，但他卻不知怎麼開口問王子健了。

王仕凱原本是沒有困惑的；他只有一個妹妹，在家裡由於男女性格及年齡差異的緣故，他總是與妹妹有些距離；至於眼前的王子健，在學校的時候，他只能將王子健當成一般同學，他知道自己與四人組並不是同一掛，不過私底下，王仕凱一直把王子健當成好朋友好兄弟一般，因為王子健對他總是不藏私地付出耐心、總是不吝惜地花費時間講解各種他不理解的事，而更有些時候，王仕凱特別敬佩王子健對事物的分析與解釋，他總覺得王子健成績好、很聰明，是個值得學習的榜樣……說到底，王仕凱是把王子健當成哥哥一樣。

王子健起身衝向廁所。

王子健打開水龍頭，塞住出水孔，洗臉盆的水逐漸滿起，他將整個頭埋進水裡，水龍頭流出的水不斷灌注在王子健的頭上，他將頭抬起，看著鏡子裡自己的臉，滿是水滴。

王子健無法思想，不，他根本不想思考。

王子健清楚地聽見關門的聲音，他轉過頭去，沒有意義地看向廁所的門，他根本看不見王仕凱離去。

王子健低下頭，看著前臂上的齒痕。

47

入夜了，王子健躺在客廳的椅子上，沒有開燈，椅子上沒有留下絲毫王仕凱的氣味，他看著王仕凱留下的紙條。他一閉上眼，便滿是王仕凱對他微笑的樣子，他又睜開眼，眼前的客廳一如以往，但他的思緒卻陷入王仕凱方才的陌然眼神裡。

他又閉上眼。

半夢半醒間，王子健睜眼又閉眼，不知過了多久，他看了看桌上王仕凱留下的紙條，又閉上眼。

電話響起，王子健沒有立即起身接，他移動眼球瞄了牆上的鐘，九點三十分，不可能是王仕凱，他心裡想，他起身坐起，又任由電話響了一陣子。電話停了，時間好像也停了，同樣的地方，好像一切都沒有改變，但一切又都變了，他又看了看時鐘顯示九點三十三分，他心想，才過了三分鐘嗎？怎麼好像已經過了很久了……他無力，又閉上眼。

電話又響起，王子健睜開眼，緩緩地走向前，接起電話。

「喂……」王子健的聲音有氣無力像是剛睡醒。

「子健啊，聲音怎麼有氣無力的，是在睡覺嗎？還是身體不舒服？」王子健的母親有些擔憂地問。

「沒有，沒事。」王子健以幾乎不想對談的口氣回答。

「你最近很少打電話回家耶，在忙什麼呢？對了，暑輔也快結束了，我有跟你班導通電話了，他說你成績維持得還不錯，剩不到一年就要聯考了，自己要多加油唷。不管你想做什麼，還是要自我管制一下，我知道你很獨立，不過談戀愛或是什麼的，還是等考上大學再說吧……」王子健的母親如常地語帶提醒、叮囑不斷，但王子健卻沒有力氣將這些話語聽進耳裡。

「我知道——」王子健抬頭看了一眼時鐘，九點四十二分，他的口氣仍然帶著結束話題的句點。母親持續叨念日常生活中該注意的種種提醒。王子健的影子在沒有開燈的客廳裡，拉長，彎折在椅子上。

王子健不經意地往租屋處亂看，眼光又移往王仕凱留在桌上的紙條。

王子健覺得腦袋好像有什麼東西卡住似的，他想伸手進去將它挖出，他的耳鬢邊特別痛，他折彎食指與中指，弄出兩個尖錐似的角，用力抵住太陽穴，不斷地用力壓、用力揉、用力搓。

「我不要，要去妳自己去，我要去看書了！」王子健突然大聲卻又很有節制地回答，王子健用力地將電話掛上；他趴在牆上，低聲持續地講著，「我不要……我不要……」

48

暑輔結束後，迎來真正的暑假，學校除了警衛以外，再也沒有其他的學生，這兩週的空檔是為了迎接未來一年衝刺的喘息；許多同學的父母都安排了旅遊。

王子健沒有回家，他還不知道怎麼跟新父親相處，他甚至不想承認那個人是新父親，雖然外遇的責任是在中國大陸工作的父親，講著為了全家的未來所努力而去了中國大陸的父親，如今已與另一名女子有了新的家庭，王子健實在沒有責怪母親的理由，但他卻只能責怪母親，因為母親是留在他身邊的人，他愈是責怪母親沒有將父親看顧好，他便愈痛惡自己，他厭惡自己的無能為力，他也厭惡父母兩人都已各自開展了新的人生，有了新的「家庭」。

因此，他高中才得以「搬出去自己住」，他索討了父母雙方的愧疚，他有了自己的空間，然而，在這個空間裡，怎樣也還稱不上「家」。

王子健一早就出現在籃球場上，他不停地投球，他打算投進一千顆才罷休，他的衣服乾了又溼，溼了又乾，他想累壞自己，他想忘記，或是說他想沉沉地睡去……有了目標後，時間好像總是過得特別快，一轉眼太陽已經從東邊移往西邊……他累癱了，他躺在下午的球場，球場旁只有零星幾個人，他忘了他投了多少顆了，大概五百多顆吧，他心想……他看了看錶，三點十九分，他還沒吃午餐，他脫下錶，手臂上的膚色有了明顯的落差；他怎麼就又想起王仕凱在他手臂上留下的咬痕。

王子健大字躺著，看著天空，有雲，他講不出形狀，他覺得他連想像力也受困了，他的腦袋仍然無法清空，一停下來就開始胡思亂想，他想起，母親問他為什麼不回家？他連說謊都顯得拙劣，但母親了解他，因此沒有戳破他……他嘗試不去想王仕凱，但他卻怎麼又想著王仕凱現在正在做什麼呢，突然，他的腦海跳出王仕凱那天在西子灣看著大海時，曾對他說的話，「我沒去過耶，下次我們一起去好不好？」

王子健想到了旗津。

有句話叫重色輕友，還有句話叫見色忘友，王子健不知道王仕凱是不是色，但王子健後來才發現，那天與王仕凱分開後，他完全無法忘掉那天的所有細節，可是他卻幾乎忘了四人組的其他三個人在暑輔之後做了什麼去了哪裡，是他沒問嗎？還是他忘了？他根本沒放在心上嗎？還是他的心裡已經放不下其他人了。

49

王子健一個人在渡輪上，站在船側，他迎著風，雖然他乘坐的船有著固定往返的目的地，但他卻依然沒有方向；他仍然覺得沒什麼氣力，不是體力上的，是心理上的，他的前方漫無目的。

他回頭看著船尾，看著逐漸縮小的鼓山渡輪站，看著行過便逐漸消失的水痕。他不知道他在期待什麼，在旗津與王仕凱偶遇嗎？又或是什麼？他轉頭看向船內，更多往來的人，有家庭有學生有觀光客與許多情侶出遊……他又轉回船尾，好像每一個人、每一個畫面，身旁的每一個景物都在反覆告訴他，他不明白自己此行的目的。

王子健在旗津繞了一圈，在老街裡無目的地走著，他跟在人群中，彷彿自己是只能順著水流的紙船，他讓人群拖著他，朝街市逐一逛去，他怎麼也停不下的不是腳步，而是思緒裡揮之不去的王仕凱，他看見與他同齡的學生相互歡笑打鬧，好不開心，他有些後悔自己幹的「好事」，他一度以為那群學生歡笑打鬧的模樣應該是屬於他與王仕凱的表情……他看著看著，心裡便更多王仕凱了，怎麼思念一個人後，身體就不會感到疲倦了呢！他忍不住了，他沿路尋找公共電話，他的眼裡只有公共電話，他忘了周圍的人。

「對不起。」

「對不起。」

一不小心，他撞到個女孩，一轉身結果是安真妮，王子健有些驚慌卻又覺得驚喜，他害怕別人問他來這做什麼或是他是與誰一起來的，可是當他看見熟悉的面孔時，像是靈魂又再度被召喚回現實世界般，心底是歡喜的。

「耶，安真妮，妳怎麼會在這……」王子健先開口了。

「呃……那個……我跟我表妹來逛老街啊！你呢？」安真妮像是做了虧心事給人撞見似地嚇了一大跳，但她很快便恢復鎮定。

安真妮指著她身旁中性打扮的女孩；王子健心裡立即有了疑惑，王子健眼前的女孩，是女孩嗎？她長得像男孩一樣可愛，頭髮那樣地短，臉蛋那樣地清純卻又帶點野氣，而且還穿著籃球背心……但疑惑沒有停留太久，王子健腦裡的王仕凱又隨即竄出，他自己將話題拉開。

「我來找我朋友啦，我跟他有約了，我先走了哦——」王子健向兩人點了點頭，又看了看手上的錶。

「那再見哦！」

「再見。」

「再見。」

陌生女孩也向王子健道別。

王子健在電話亭裡，他沒關上門，他望著方才走來的方向，但他其實早已看不見安真妮，他撥了王仕凱家的電話。他有些緊張地用力深呼吸。

「喂？」王仕凱的聲音從電話那頭傳來。

王子健卻一句話也說不出來，不，他不是一句話也說不出來，而是他的心思瞬間混亂了，他有千言萬語卻挑不出哪一句當作開場，他甚至憋著氣，不敢呼吸。

王仕凱只聽見一些吵雜的人聲、風聲與遠處的海浪聲。

第八章　零是原點，是開始的起點還是結束的終點？

50

王子健接起電話前還是習慣性地看了看時鐘，八點五分。

「喂，我啦，你在做什麼？」王仕凱的聲音一如以往地溫和，從電話那頭傳到王子健這頭。

「看書。」王子健刻意語氣冷淡地回答。

兩人陷入一陣沉默，雖然只有短暫的數十秒，但與從前相比，兩人都明顯感受到不似以往的溫度。

「對了，你知道數學老師今天又發生很好笑的事嗎？不知道白先光他們有沒有跟你講？」王仕凱找著話題的線頭，他試著串起自己與王子健的連結。

「我不知道，沒有。」王子健答得又快又短，每一個字都是句號。

「那我說給你聽。就是……」王仕凱語氣仍然溫和，他以為自己打開了話題。

「不用，我不想聽『你們班的事』。」王子健打斷王仕凱，王子健立即將話題結束。

王子健說得果斷，斷了王仕凱的熱情，也切了自己的情緒，他這時候還沒感覺痛，他只是用力地一刀兩斷，他以為一刀兩斷後，就會完全感受不到來自另一邊的痛；兩人又一次陷入了數秒的沉默。

「那你的筆記，我明天放學拿給你可以嗎？你在你教室等我一下？」王仕凱讓自己退了好大一步，他只想當面再見王子健一面，他的語氣顯得有些膽怯。

「好，再見，我要去看書了！」王子健已經無法再講下去了，他只想趕快結束這段對話，他想逃走，於是他便草草答應，他不等王仕凱回答，立即掛掉電話；他深吸一口氣，再緩緩吐出，他坐回客廳的長椅上，他雙手手掌壓著兩旁的太陽穴。

久久無法移動。

深夜，王子健的房間燈還亮著，他從廁所走出，臉上溼溼的，他不知自己洗第幾次臉了，他倒了杯水喝，看了看時鐘，已經二點多了。他又走回房間，他知道自己落後的進度得補上，他埋在書裡，他拚命記得新的去忘記舊的。

然而，王子健也忘了他答應王仕凱放學留校拿筆記的事，王仕凱放學後到王子健的新教室時，教室已空無一人。

51

王子健彎著身，將手伸進講台的邊縫，費力地想撿起掉在地上的粉筆，蹲下時不小心頭撞到了黑板板溝上的板擦，板擦落下，正巧砸在他的肩上，一個板擦印，一起打掃的女同學扯著王子健的衣服一角，不斷地想替他拍掉，「你要不要去用水弄溼看看？」王子健對她點頭道謝。

課堂上，王子健與新同學正寫著考卷，老師在同學間走動，她看見王子健的肩上有個板擦印記，她想表示關心，也想表現風趣，「各位同學，停一下筆，聽我說，雖然我已經說過了，就是王同學，他是新來的同學，他史地的部分還有很多要補上的，我相信他也很努力地追趕大家了，大家一定要多照顧他，不要欺負他哦，還有我聽他以前的班導說，他數學很厲害，所以你們也可以好好地『利用』他哦！」然而，同學並沒有笑，她有些自討沒趣地看了看錶，「好了，快點寫吧，剩二十一分鐘收卷。」

52

王仕凱還是不放棄，他想藉著還筆記的理由，與王子健面對面談一談。

很多次中午，他特地從二樓的教室爬上三樓，到了三樓王子健的新教室前，想找他一起吃午餐，但他都沒看見王子健；其實王子健也擔心王仕凱來找他，他還沒準備好面對王仕凱，一想到那天自己跨坐在王仕凱身上時，一想到王仕凱面無表情的模樣，他便覺得王仕凱是討厭他的，一想到王仕凱討厭他又裝作沒事，他就更討厭自己了。因此，每天中午，下課鐘一響，王子健便立即從大樓另一側的樓梯下到一樓，買了便當，一個人躲在大樓後側的小空地。

在小空地，他一個人吃便當，旁邊有棵菩提樹，他往天空看的時候，穿過菩提樹的葉，葉與葉的縫隙，他的視線變得很窄，不像在天台時那般開闊。今天，天空的雲碎成一片一片；王子健吃完便當後，百無聊賴地摘了片葉，他將心型的葉片從中間撕開，斷口處不停流出乳白色的液體。

有一天，王仕凱特別在平時的下課時間來到王子健新教室的門口。

王子健坐在教室最裡面那列，由於每天晚上都熬夜讀書，下課時，他總是戴著耳機趴著休息，那天他特別睏，但沒真的睡著，他只是不想花力氣與同學互動，聽見同學叫他，他沒反應，他趴著，他睜開眼後又閉上眼，他假裝睡著。

有個男同學特別調皮，他坐在教室第一列，對著教室裡大喊，「王子健外找，王子健外找……王子健沒有回應……王子健，王子健，聽到請回答，王子健，你男的女朋友已經來找你第五百遍了。王子健外找，王子健睡著……王子健外找，王子健睡著……」同學們紛紛大笑，有的人是因為他的頑皮大喊而笑，有的人則是因為他的押韻而笑，更有的人是因為女朋友三個字而笑，剩下的那些人或許是因為別人笑而笑……

王子健都聽見了，他每一個字都聽得清清楚楚，他覺得生氣又丟臉，他用力握拳，他緊緊地閉著眼。然而，王仕凱站在走廊外，他更生氣，他覺得非常丟臉，他用力捏著王子健的筆記本，轉身快步離開。

53

某天中午下課鐘響後，新班導攔住了王子健，「王同學，王同學，等一下……你這陣子適應得如何，你之前的班導有交代我要特別留意你，記得哦，高三才過來，要很用功才行唷！」王子健點點頭，「可以的，我有努力在追進度了，謝謝老師！」

王子健焦急地想趕緊離開教室，結果他還沒走出教室便看見白先光與陳正忠站在走廊外，白先光興奮地對王子健揮著手，要王子健出去，陳正忠則是耍酷地站在一旁。

「好久沒有一起在天台吃飯了。」白先光感嘆地說，他嘴裡的飯都還沒吞下。

「天氣好差哦，感覺快下雨了。今天又不能『打球』了。」陳正忠看似沒有接著白先光的話答，但他話裡卻回答了。

王子健塞了好幾口飯在嘴裡，鼓著嘴，嚼著飯，好像這樣就可以避開回答，又或許他不知道該如何開口，所以他只能靜靜地等待，等待別人開口詢問。

「你不要只顧著打球，功課也要顧啊！」白先光回了陳正忠。

「我就愛打球呀，你看我打球多快樂……功課顧那麼好的人，也是轉組了呀！」陳正忠有些不滿地講。

「就興趣不合嘛……」王子健知道該問的問題還是會朝自己丟過來，避都避不掉，但他的答案制式，是他逃避問題的一貫回答。

「聽你在喇叭，最好是興趣不合，一定是其他原因，不想講就說嘛！」陳正忠雖然不明白真正的原因，但他的個性直接，直覺也準確。

「王子，有什麼困難可以跟我們說，大家都會幫忙的，一聲不響就轉組，到底是有什麼原因？」白先光試著緩和氣氛。

「對呀，小胖出錢，我出力！」陳正忠還是一貫地直爽，他撩起袖子露出他不太壯碩的二頭肌。

「沒有啦，真的是興趣不合……」王子健不斷地搖頭，他拒絕所有的答案。

「對了，阿國呢？怎麼沒一起來？」王子健想逃出這個困窘，卻問了不該問的問題。

白先光與陳正忠互相看了對方，陳正忠是絕不肯講的，他轉過身，對著籃球架做著投籃的動作，白先光只好把問題接上。

「他轉學了！」白先光無奈地說。

「轉學？為什麼？」王子健有些驚訝。

白先光沒有說話，他指了指背對他的陳正忠。

這時陳正忠正好跳躍投籃，轉身回來還沒落地，便看見白先光指著他。

「關我什麼事呀……好啊，既然你們都在這，事情也過了那麼久了，我現在就把話講清楚，那天真心話大冒險的時候你們也聽到他講的了。然後呢？過幾天中午他還假裝沒事找我打球，你們知道嗎？那天中午在體育館打完球之後，他說我之前打賭輸了，欠他一件事，他說他要我還他這個賭注，要我『抱他』五分鐘……」陳正忠一落地便大聲咆哮，他不甘心地講了一長串，他愈講愈激動，他眼角泛著淚。

白先光與王子健看著陳正忠，陳正忠的話語沉重，其他兩人不知該如何回應。

「怎麼可能抱他，還五分鐘，五秒鐘我都抱不下去！」陳正忠激動地紅了眼眶，他不是傷心難過，他是不甘心不服輸，不能接受眼前的好朋友無法理解他。

「你們不是兄弟嘛，抱一下又不會怎樣！」白先光早就知道林政國喜歡陳正忠的事，事情演變成這樣，他替林政國覺得不值，他更為四人組的友情破裂覺得不值。

「對啦，兄弟就什麼都可以是不是，那麼愛抱你們去抱啊。他喜歡男的我不管，但不要喜歡我啊，幹——」陳正忠往後退了好幾步，指著白先光，非常激動地說，陳正忠說完便轉身離開，他的每一個步伐都踩得特別重特別用力。

「阿國他真的很難過你知道嗎，王子。」白先光也忍不住哭了。王子健不知該如何是好，他拍了拍白先光的背。他不知道自己是在安慰白先光還是自己。

54

「上次在旗津看到你，真的讓我嚇一跳……你說你去找你朋友對吧，有找到嗎？」安真妮與王子健的對話是熟悉的，然而安真妮仍有些擔心，她試探著問王子健。

「沒有啊，他不住那了！」王子健早已不在意那個陌生女孩了，他沒有追問安真妮。

「是哦，那可能搬家了吧……對了，一直沒問你，你為什麼突然轉組呀？」安真妮感到有些輕鬆，開啟了心中另一個疑問。

「興趣呀，覺得對文組比較感興趣！」王子健不知該怎麼回答，他還是搬出同一套說詞。

「是這樣嗎？完全看不出來？你去那邊英文可能會輸不少人哦，不過你的數學應該就是名列前茅……那……你還要考猜嗎？不過……你以後也欺負不到王仕凱了——」安真妮沒再追問，她隨意聊著卻又提到了王仕凱三個字。

「對啦，欺負不到了。」王子健苦笑，從安真妮口中聽見王仕凱三個字，似乎感覺比自己親自面對王仕凱要輕鬆許多，好像王仕凱只是某一個人的名字。

以前講電話除了偶爾聊天，大部分的時候，兩個人都在考猜給完後便很有默契地互道再見，如今卻缺乏一個斷點，兩人的談話顯得尷尬，兩人之間的空白硬生生地長了出來，放大了；兩人都察覺到了，也都意識到與彼此的約定似乎就要到了結束的時刻。

「嗯……不過，你英文如果有什麼問題，還是可以問我啦！」安真妮補了一句和緩的話。

「妳很囂張哦，還沒考上師大，就當起老師了！」王子健被解圍了，他又像以往一樣，忍不住調侃安真妮。

王子健翻著客廳旁的書，翻著翻著又掉出一張紙，是王仕凱那天離去前的留話，王子健心頭一震，想著那天之後，他沒將那張紙丟掉嗎？王仕凱那天看著他的漠然表情又突然在他腦海裡浮現，接著他也立即想起那封他沒替王仕凱轉交給安真妮的信。

王子健撿起了那張紙，看了幾秒。

「安真妮，那個……」王子健試探地詢問。

「嗯？怎樣？等一下等一下，你不是要跟我……」安真妮有些焦急。

「妳很好笑耶，妳是不是想太多了，我記得妳有跟我講過，妳大學之後才要交男朋友的！」王子健笑了出來。

「對呀，我大學之後才要談戀愛！」安真妮鬆了口氣。

「其實，我是想問，如果妳現在已經上大學了，妳會想跟班上哪一個男生談戀愛啊？我不是幫我自己問的，別誤會！」王子健的語氣變得認真嚴肅。

「幹麼問這個呢？我想想，我覺得應該沒有吧……嗯，也不一定『跟男生』啊。還是說……算了，我不想知道班上有誰喜歡我！」安真妮遲疑了一下，她以稀鬆平常的口氣回答王子健，不過，當她講到「跟男生」三個字時，她只有嘴型沒發出聲音。

「哦，好吧，我也只是好奇而已，因為班上很多人想追妳啊……」王子健也不想再追問了，他安慰自己，也許當時他的自私是對的，他知道他沒將信交給安真妮是自私了，但他也認為自己保護了王仕凱，沒因此受到被拒絕的傷害。

「好啦，不要告訴我有誰，謝謝，我要去看書了，你也要用功點吧，轉組過去英文應該更重要的！」安真妮急著打斷王子健，她擔心王子健真的說出了班上哪個人的名字。

「我知道，不會有問題的，This too shall pass。謝謝妳這陣子的幫忙，bye！」王子健點了點頭，雖然安真妮看不見他。

「Great! Ciao!」安真妮以俐落輕快的口吻回答，她與王子健道別了。

55

「喂，大小姐，妳是忘了什麼嗎？」王子健掛上安真妮的電話後都還沒走回房間，電話又響了，他以為安真妮忘了什麼，他接起電話劈頭就問。

「喂，是我，我想還你筆記！」然而，電話那頭的人不是安真妮，是王仕凱。

「哦……」王子健一時語塞，他為講錯話而不知所措，不知該再講些什麼。

「我們可以好好講一下話嗎？到底發生什麼事？你為什麼要轉組？」王仕凱很認真地請求。

「我講過了，而且真的沒發生什麼事！」王子健不想認真回答，他的語句平常但口氣卻是敷衍。

「那……就算是這樣，我們還可以當朋友吧！」王仕凱知道自己說不過王子健，他的請求改變了姿態，變得更為卑微。

王子健沉默不語，他不知道自己還有什麼顏面跟王仕凱交朋友，他甚至不知道自己可以用什麼態度面對他，像以前一樣嗎？

「拜託，你可以跟我講清楚嗎，到底發生什麼事，之前明明都好好的，你要轉組或是要離開都可以，但是也要講一聲吧，不要這樣一聲不響就走……我打好多次電話給你，你都一副不想講的樣子……你知道嗎？就算是男女朋友分手，也該給個理由吧！」王仕凱急著找話講，他也懂得王子健，他知道王子健沒有直接拒絕他的話，就表示他還有希望。

然而，王仕凱的話卻像飛鏢射中箭靶，直中紅心。更巧的是，紅心俗濫地正是王子健的內心。

王子健的情緒已經接近崩潰。

但王子健只是沉默，他也只能沉默，他憋著氣，忍住不發出聲音，連鼻涕都不敢抽泣，他怕王仕凱聽見，他睜著眼心有不甘似地任由淚涕不停流下。好像就是得如此吧，他心想，他就是得像個黑洞，把王仕凱丟來的每一道生氣每一條善意，甚至是每一朵希望都一一吃掉才行。

「嗯……好，我知道男女朋友的比喻很爛，不過你還是可以跟我講清楚啊，是我做了什麼嗎？你講話呀，你都不講話是什麼意思……喂，喂，喂，你講話啊，喂，喂，喂……」王仕凱又接著繼續講，但換來的是另一頭無聲的王子健。

「好啊，你繼續不講話啊。那我也不要再對空氣說話了。我現在就在這裡，跟你說，我以後再也不會打電話給你了，我以後『不會再用熱臉貼你的冷屁股』，這就是我的道別。至少，我懂得什麼是『道別』。」

王仕凱將王子健的沉默當作是不理會，他請求的姿態已經不能再低了，但王子健始終沒有回應，於是他只好自己找台階下，他只能生氣地站起身，狠狠地一拳朝無聲的王子健重擊。

王仕凱用力掛掉電話。

電話另一頭的王子健一動也不動，他任由電話的嘟響不斷；他滿臉涕淚，他哭出聲了，但他無法放聲大哭，他壓抑著，低鳴。

56

大約一年後，王子健整理著租屋處，他準備搬離，終於要上大學了；他將客廳書櫃裡的書一本一本擺進紙箱中，他打算送到舊書店去，他隨意翻了幾本，怕有東西夾在書裡，但都是空的，他翻到一本曾經翻過卻有看沒有懂的二手書《反美學》，他看著裡頭的文字，在心裡默念著：

一旦我們發現文化有若干種，而不是只有一種，結果在我們承認某種文化壟斷的終結時，不管文化壟斷是虛幻的還是真實的，我們就面臨了被自己的發現所毀滅的危險。突然間，有可能舉目所見全是異類（others），我們自己則是異類當中的一個「異己」（an "other"）。所有的意義和每一個目標全都落空，有可能在眾文明間飄泊，彷如在遺跡與廢墟中遊蕩。整個人類變成一座想像的博物館：要造訪吳哥（Angkor）廢墟，或是閒逛哥本哈根的蒂沃利花園（Tivoli）？我們輕易可以想像，這樣的時候到了：非常有錢的人，隨時可以離開自己的國家，為的是在漫無期限、毫無目標的旅行中品嘗自己的國家之死。

他看不懂，卻又好像有幾個字讀進內心，他深吸一口氣，將書闔上，也將沒看懂的文字收起。一旁的《小王子》與其他的書堆在一起，他看了一眼《小王子》的封面，他想到的不是小王子與狐狸，他想到的是玫瑰的刺，他不由自主地搓揉指間，隨後將所有的書全放進紙箱裡。

王子健錯過了，但王子健早就錯過了；王仕凱偷偷寫給王子健的另一張紙條就夾在小王子的書頁裡，隨著整疊書一起埋進紙箱裡了，毋須燃燒便成了回憶的餘燼。

收完書後，他開始拆解軟木板上的紙條，一張張拿下。女孩闖入、女孩消失了，但女孩曾存在過的痕跡卻還留著，他將女孩寫下的一張張紙條裝進盒子裡。客廳桌上還有一堆紙條，裡頭有一張是那天下午王仕凱離去前留在桌上的紙條，王子健特別避開去看紙條的內容，但其實他記得清清楚楚，他將那張紙條與新班級舊班級同學寫的祝福便條紙全放在一起，塞進畢業紀念冊的書頁裡，紙張太多了，冊子中間鼓了起來；他將盒子與冊子都放進另一個屬於高中回憶的紙箱裡，拉開封箱膠，貼上。

或許正是因為所有人都已離去，王子健的內心有一部分反而覺得輕鬆許多，空蕩的內心有些空虛也有些鬆懈了，可卻又像是正為新的方向積蓄能量，空的位置反而有了更多的可能。

結束章　在微分處相遇

57

王子健與新父親一起將紙箱抬上車，這是最後一箱了。新父親仔細地將發財車的車板鎖緊，王子健往後退了幾步，與他保持距離。王子健母親走到車後，「要不要擠一擠？」王子健搖搖頭。新父親弄妥後看了看錶，「差不多了，晚點還要還車。」便走向駕駛座。母親走近王子健，「那我們先過去哦，再5分鐘垃圾車就來了，垃圾記得全部都要拿去丟唷……」王子健簡單回應，「我知道！」母親看了看錶，忽然想起有東西忘了拿，對著駕駛座喊，「等我一下，等我5分鐘，我有東西忘了拿……」便立即朝門口跑去。

「王子健，你過來一下。」新父親突然喊了王子健。王子健覺得困惑，走向駕駛座。新父親掏出了五百塊，「給你！」王子健不動，他不想收，過了多久了，他還是沒準備好，沒準備好與眼前的這個新父親有這樣的關係。新父親語氣非常和緩地勸說王子健，「我知道你不想拿我的錢，不過這個是你這個月的零用錢，是我跟你媽一起出的，你可以想成是家裡給你的，嗯，拿去吧，你現在不拿，你媽晚點一樣會拿給你！」王子健伸手收下，母親也正好下樓朝車子走來，「好了好了，差點就忘了拿，這是要順便帶給三婆的，她已經說了好幾個星期了！」母親上車後，車子慢慢駛離，她將頭伸出車外忍不住再叮嚀王子健，「記得哦，要倒垃圾……」王子健揮揮手，「知道了！」

王子健看著車子逐漸遠離，他想起王仕凱離開的那天晚上，他與母親的對話。

「你要不要跟你以後的新爸爸，也就是我的新先生一起吃個飯呢？他人很好的，重要的是，他對我很好，也不計較我現在的狀況，你知道的，人不可能永遠都一個人的，我也是花了不少時間慢慢走出來的，你很成熟，我相信你以後就會懂的，工作結婚生子這些都是人生必經的路……」母親的大道理王子健不是第一次聽到了，但當時，他的思緒坐困愁城，他的雙腳陷入泥沼，他的身體左右為難站在人來人往的十字路口，對於母親指引的方向，他不只不會認同，更不會選擇，甚至感到無比地厭惡。

「我不要……」他大喊著；表面上是對母親的要求一概拒絕，但更深處卻是他對自己的吶喊，他發現了自己的怪異，卻又壓抑不了內心深藏的欲望。

遠處傳來垃圾車的音樂聲；王子健拿出手機看了看時間，也看了看日期，立即跑往家門口。

快七年了，離那天快七年了。

王子健又想起，王仕凱的生日快到了。

然而，有些事，王子健是後來才知道的，但有些事，他卻是完全不知情。

那天下午，王子健一走出門，王仕凱便急著拆禮物，他一邊拆，還走到陽台邊，看著樓下的王子健逐漸走遠。他打開盒子，裡頭是一個相框，框裡是一副王仕凱的素描，他打開卡片，卡片上簡單地寫了幾句話：

「王仕凱：祝我的好朋友，生日快樂。p.s. 這是我畫的，希望你喜歡。子健」

王仕凱慢條斯禮將禮物重新包裹，他臉上的笑意沒停過，他打從心底開心；他撕下自己筆記的最後一頁，寫上：

「王子：謝謝你送的生日禮物，我真的真的很喜歡，我以後會告訴我的小孩，這是爸爸高中最好的朋友送的。也謝謝你一直很有耐心，教我弄懂微積分，我會永遠記得你說的，積分保護曲線以下的區域。仕凱」

王仕凱東看西找，在客廳電話旁的書櫃裡挑出了《小王子》，將紙條夾在書裡。

也是那天下午。

當王子健衝到廁所後，王仕凱便開始收拾桌上的書本。

王仕凱起身，原本他打算到廁所找王子健，但他卻步了，他不知該往前還是往後，他以為離開就是維持在不變的位置，所以他選擇轉身離開，離開前，他又留了另一張紙條在桌上，上頭寫著：

「子健：謝謝你送我生日禮物，也謝謝你一直教我數學，希望可以永遠當你的好朋友。仕凱」

王子健沿著愛河走，愛河的風景已經變了，正如他的外表與他的內在也都已經變了，他停下腳步，看著夜色倒映在河裡，他早已習以為常的城市景色似乎也顯得有些美，成雙成對的人陸續從他身旁走過。他拿出手機，拍了張河中倒影，發亮的大樓與河邊的霓虹相映。

他想起稍早白先光的電話。「我傳大家的通訊錄給你唷，如果，我說如果啦，我還是希望你可以來，你也知道我辦同學會那麼多次了，每次我都有邀你，可是沒見過你半次……好啦，我說如果，如果你真的不想來的話，至少有空也要跟我們幾個好朋友見見面喝喝茶啊，我跟阿國還有阿忠都很想你耶，再不然，我們可以約球場啊，雖然我不知道我還跑不跑得動，不過我們都想好好給你問候一下啊！」

58

王子健坐在捷運上，捷運啟動、暫停，再啟動，他的臉倒映在車廂的玻璃上，出現消失又出現……

他查看了白先光發來的通訊錄，王仕凱三個字在一排同學的名字裡，就算過了這麼久還是那麼顯眼，王子健看著王仕凱的手機號碼，他想起王仕凱家的電話號碼，沒想到自己竟然還記得，他以手掌拍了拍太陽穴。

他撥出號碼後心跳加速，他其實還沒準備好要說什麼……電話響了幾聲後無人接聽，轉接語音信箱。

王子健鬆了口氣，捷運列車持續行進，玻璃窗裡的他的倒影，像是透明度只剩一半的另一個自己，缺乏重量缺乏存在的意義似的。

突然，王子健的手機震動，是王仕凱回撥，王子健想了兩秒才接起。

「喂，請問……剛剛有人打這隻電話嗎？」王仕凱的聲音一點也沒變，連他的口氣也一樣，依然帶著傻樣。

「嗯，剛剛是我打的，你……你聽得出來……我是誰嗎？」或許是時間，或許是距離，也或許是太久沒有講話了，王子健有些擔心因而刻意調皮地反問。

王仕凱正從聲音的資訊裡搜集拼湊；王子健則在電話對面靜默等待，也期待。

「王子健，你是王子健，對吧……你是王子健對吧。對吧……」王仕凱的聲音變得興奮又焦急。

王子健壓抑了如此之久，久到他不知道原來這就是回憶湧出；他的眼眶紅了但卻不是傷心難過，他感動，他為王仕凱還記得他而感動，他也為自己原來還有感動的能力而感動。

王子健想起自己看著朝公車站牌一跛一跛走去的王仕凱，他往前跑幾步，本想扶王仕凱一把的，卻又停下腳步。他想起自己與王仕凱每日講電話討論功課時，有說有笑的模樣。他想起那次在西子灣，看見一對情侶，兩人靠得太近，王仕凱轉向自己時，他差點親到王仕凱的臉頰，兩人各退一步的尷尬情狀。他也想起自己趁王仕凱去廁所時，偷偷吸了一口他的飲料。他想起那張王仕凱的素描。他想起他騎腳踏車載王仕凱時，王仕凱扶著他的腰。他想起王仕凱專注解題時，自己偷看他的側臉。他想起自己的拇指貼著王仕凱大大的耳垂。他想起自己跨坐到王仕凱身上，一手壓著他，另一手作勢要揮拳揍他。他想起王仕凱撇著頭，擠著眼，不敢動，心甘情願似的。他想起他親了王仕凱的臉頰。他摸了摸自己的前臂，想起王仕凱用力咬住他的前臂，痛的感覺，他看了看前臂，彷彿齒痕還在。

捷運列車停下，開門，王子健趕緊衝下車，列車行駛的聲音太大，或是訊號不穩，王子健聽不清楚王仕凱的聲音。

「喂，你說什麼？」王子健大聲地問。

「你是王子健，對吧⋯⋯」列車駛離時拖著呼嘯而去的尾音，電話裡的王仕凱的聲音逐漸清晰，王仕凱再一次重複「你是王子健，對吧⋯⋯」

王子健壓抑自己的情緒，自從那天以後，他的個性愈來愈內斂，好像是他讓真正的自己躲了起來⋯⋯不，或許更像是他將真正的自己藏了起來。

「嗯，是我。」王子健輕描淡寫地回答。

「真的是你呀，好久不見呀，你現在在幹麼？沒想到你居然打給我，我好高興哦！」王仕凱一如以往，他依舊毫無心思地表現自己，他興奮他焦急，他的口氣透露滿滿的歡喜。

「我準備上研究所了，你呢？」對於王仕凱表露無遺的情感，王子健每個字都感受得到，每個字都像是回憶的喚起，他的心緒有所浮動，但他還是忍住了，他平靜地問。

「我剛實習完啊，已經考上學校了，準備當老師了！」王仕凱的口氣帶著滿足與安穩，他踏著他想走的道路。

「這麼厲害，是……數學老師嗎？」王子健挖了點過往的記憶，卻又不想表現出自己理解王仕凱的樣子。

「對呀，是數學老師。你知道嗎？我們已經開過好幾次同學會了，每次我都想說你會不會來，可是都沒見到你……」對王子健的猜測如此準確，王仕凱有些不好意思，王仕凱頓時覺得他們倆好像又回到從前，王子健總是懂得他所想的。

「沒啦，就在忙一些事……」王子健一面覺得開心，王仕凱完全沒有責怪他的意味，另一面卻也感到困擾，自己到底已經變了，他不再是高中時候的他了，他甚至有些厭惡那時候的自己，他不知道怎麼接起不變的王仕凱。

然而王仕凱沒有察覺，他開心不已，連番講了好多好多過去的事，好像他們倆從未有過不快，好像他想補起兩人之間的那段空白。

「你知道嗎？大學畢業隔年的同學會，很多人都有到呢！陳正忠聽說大學讀到一半就休學了，現在已經有兩個小孩了，都剛出生不久，他好好笑，他一直感嘆，說他現在是老婆奴……還有白先光去英國留學，一年就拿到碩士回國了，而且他還給我們看照片，他女朋友居然是個外國人呢……對了，你記得安真妮吧，她竟然還沒交男朋友，而且我覺得她比以前更漂亮了……聽白先光說，林政國本來要來的，不過後來還是沒來，不知道是不是跟陳正忠還沒和好……還有還有，陳素芬不知道你還記不記得？就是跟安真妮很要好的那個女生啊，同學會的時候她正好懷孕，挺了個大肚子，我們在開同學會的時候，他老公像保鑣一樣站在旁邊等你知道嗎，害大家都不敢亂講話，我記得她老公好像快兩百公分耶……」

59

王子健坐在捷運月台旁，聽著王仕凱講著以前同學的事……下一班列車又駛進，緩慢地停下時，他彷彿看見王仕凱講述的畫面出現在車廂裡。

他看見了陳正忠胸前背了個睡著的娃，推車裡坐了個正在喝奶的小孩，而他的老婆正在補妝，她瞧了陳正忠一眼，「小孩溢奶了都沒看到。」陳正忠趕緊替小孩擦嘴，他彎著腰低著頭，全部的心思都放在身旁的三個人身上；白先光變瘦了不少，穿著看上去非常名貴的衣服，原本就是個高個子，現在站得更是直挺，顯得十分自信，正與身旁的外國女子有說有笑；安真妮的打扮簡單俐落，她還是不肯放掉她的馬尾，她正若有所思地讀著一本小說，她的手機響了，她收起書本接起電話，王子健好像看見了《鱷魚手記》四個字；林政國的身材變得更壯碩了，長相卻好像沒什麼變，他與一群打扮時髦的男子有說有笑比手畫腳，那是王子健許久不見的笑臉林政國；陳素芬真的挺著個大肚子，她坐在博愛座上，依偎在一名非常高壯的男子身旁……列車完全停下了時，方才的五節車廂也已全都經過了王子健，王子健朝經過的車廂望去，只有少數的人下車。

他心想，他們五個人也在不同的車廂裡有著不同的幸福人生了吧。

列車很快又起動，駛離。王子健起身準備離開月台。

「這次同學會我不能去了，那幾天我剛好要跟家裡的人出國，機票早就訂好了……對了，你打給我，是不是表示你會去呀，好可惜哦，我們好久沒見了……幾年了，都有點忘記了……等我回來，我們可以約出來吃個飯呀！」王仕凱有點感嘆地說。

「你，交女朋友了吧？」王子健沒有回答王仕凱的提問與提議，他跳往過去，他想起王仕凱一直想望的事。

「交了，大一就交了，交往快七年了。我打算工作一兩年後，就跟她定下來……」王仕凱答得理所當然，想必這問題旁人經常問起，而他也已經回答無數次了吧。

王子健一時不知該接什麼話，卻覺得如釋重負，當下的心情有點老套，卻又是那麼真實地體現在自己身上。

「那你結婚的時候，要記得寄喜帖給我唷！」王子健覺得自己的反應太好了，也太社會化了。

「當然，一定要的，你是我的好朋友啊……對了，王子，我想起來了，你還記得以前數學老師……」王仕凱開心地承諾王子健，又繼續講起另一件事……

王子健心頭一震，高中畢業後，就再也沒有人這樣叫他了，好久好久了，稍早白先光這樣叫他時他還沒意會過來，果然王仕凱還是有著王仕凱的力道。他走上手扶梯，他沒有往上爬，他讓電動扶梯推著向上。手機裡王仕凱的聲音逐漸變小，好像他真的離他愈來愈遠了……

王子健心想，這就是我的道別吧。

手扶梯的對面往下，有對情侶一上一下面對面地站，男子與王子健互相看了一眼，王子健覺得男子十分面熟，不自覺地直盯著他看，男子的眼神閃開後，王子健看了看男子身旁的女子，女子雙手比著ＯＫ，放在耳朵旁，左右擺著頭在男子的胸前磨蹭，男子與女子打鬧，他用力將女子抱往他的胸前，女子側著頭緊緊抱住男子……手扶梯在交會的瞬間，王子健看見了女子的長相，也是非常面熟，但女子閉著眼，沒看見王子健，她沉浸在幸福中。很快地，王子健與他們便交錯而過。

王子健忍不住轉頭，他看見男子也正好轉頭看向他，男子對著王子健笑了，但王子健怎麼也想不起他是誰。

九　歌　文　庫　　1　3　0　9

沿拋物線甩出的身體長大

國家圖書館出版品預行編目 (CIP) 資料

沿拋物線甩出的身體長大 / 黃羊川 著 . -- 初版 . -- 臺北市 : 九歌 , 2019.6
面；　公分 . -- (九歌文庫 ; 1309)
ISBN　978-986-450-246-2 (平裝)
857.7　　108007006

作　　者 —— 黃羊川
責任編輯 —— 張晶惠
創 辦 人 —— 蔡文甫
發 行 人 —— 蔡澤玉
出　　版 —— 九歌出版社有限公司
台北市 105 八德路 3 段 12 巷 57 弄 40 號
電話／ 02-25776564・傳真／ 02-25789205
郵政劃撥／ 0112295-1

九歌文學網　www.chiuko.com.tw

印　　刷 —— 晨捷印製股份有限公司
法律顧問 —— 龍躍天律師 ・ 蕭雄淋律師 ・ 董安丹律師
初　　版 —— 2019 年 6 月
定　　價 —— 260 元
書　　號 —— F1309
I S B N —— 978-986-450-246-2

本書榮獲 106 年 文化部 MINISTRY OF CULTURE 青年創作及培力新秀補助